光尘
LUXOPUS

LOSS ADJUSTMENT

Linda Collins

永远的女儿

[新西兰] 琳达·科林斯 / 著

黄瑶 / 译

致读者

　　琳达的这段失去与质疑之旅，可能会给某些读者造成一定的情感负担。我们理解每个人的看法和困境各有不同，所以最好在阅读的过程中关注自身的感受。如果感觉情绪不佳，请放下书，找个人聊聊心中的感想。

　　我们希望能和琳达一起，通过这本书鼓励大家敞开对话、关注心理健康，不要故步自封、独自应对内心的情绪。

维多利亚·麦克劳德（1996年12月27日—2014年4月14日），笔记本电脑中的日记，2014年3月30日：

除了自己的所作所为，我的身上没有发生过任何不好的事情。

是我任自己被胆小怯懦吞噬，怎么也无法摆脱。

我即将做的是一个人对爱你之人能做出的最糟糕的事情：离开这个世界。可怕的是，我对此没有任何意见。

目 录
Contents

损失
第一部分

一　起床时间到 —— 3
二　早上好 —— 11
三　午后 —— 16
四　随后 —— 18
五　装殓 —— 20
六　三日 —— 25
七　耶稣受难日 —— 36
八　玫瑰花瓣 —— 39
九　僧侣诵经 —— 44
十　不是骨灰 —— 53
十一　瓮中之物 —— 57
十二　无眠 —— 66
十三　灰烬 —— 69

损失
第二部分

十四　地动山崩 ——— 87

十五　还是半个孩子 ——— 95

十六　鬼魂触摸 ——— 105

十七　恐高 ——— 116

理算
第一部分

十八　抱歉，小维 ——— 123

十九　白雪公主 ——— 132

二十　预约的小纸条 ——— 137

二十一　再见，妈妈 ——— 143

二十二　征兆 ——— 149

二十三　发现 ——— 155

二十四　公开 ——— 165

二十五　差异 ——— 183

二十六　霸凌 ——— 192

二十七　凝视深渊 ——— 205

二十八　分裂 ——— 209

理算

第二部分

二十九　如何不理算损失 ——— 215

三十　悲伤的状态 ——— 222

三十一　"她已经不在了，向前看吧" ——— 229

三十二　重新发现 ——— 235

三十三　相信的需要 ——— 245

三十四　你是怎么失去女儿的 ——— 255

三十五　来自另一边的问候 ——— 265

三十六　神龛与盒子 ——— 274

三十七　赋予意义 ——— 285

三十八　游荡在我们身边 ——— 294

三十九　新月 ——— 299

四十　想念翠鸟 ——— 301

结语 ——— 306

损失

第一部分

一

起床时间到

早上六点四十五分，我起床给十七岁的女儿维多利亚准备早餐。在新加坡这座都市化的热带岛屿上，母亲都会一早起来，为子女上学做准备。就我们家的情况来说，这是维多利亚在侨民国际学校就读的最后一个学年。今天是第二学期的第一天，是考试成绩公布的日子。

在学期期间，我一直都是六点四十五分起床，就为了让我唯一的女儿维多利亚刷好牙、吃完早餐、穿上校服，下楼去赶七点三十二分的校车。为了节约早上的时间，她前一晚就将校服摆在了卧室的梳妆台上。那天晚上，由于找不到印有校徽的袜子，我心慌意乱。小维被我的慌乱逗乐了，从床底下翻出两只沾满灰尘的脏袜子说："老妈，这双就行。"我的丈夫马尔科姆从水槽下的橱柜里掏出鞋油，费尽唾沫和心力，把小维的棕色系带校鞋擦得锃亮。这是他已故的父亲杰克·麦克劳德曾经教给他的。将这一点传给女儿,对马尔科姆来说似乎很有必要。

马尔科姆向小维解释道:"总有一天,我们会没法陪在你身边,为你包揽一切,比如擦鞋……你得这么擦。"她傻笑了一声,还翻了个白眼:"老爸。"后来父女俩用传统的方式手洗碗盘,拿着茶巾打闹起来。小维抓着破旧的茶巾甩来甩去,看到老马的手臂结结实实地中了一招,咯咯直笑。可她白天时还异常忧郁,强烈要求看看我年轻时的老照片。我问她:"我干吗要看那种东西?我那时过得并不快乐。"她说那时的我又瘦又美,却被我彻底误解了,以为她是在说如今的我又胖又丑。后来我想,要是自己能问问她为何要那么说就好了。

那天早上,我是伴着梦境带来的欣慰醒来的。漫长的梦境中,维多利亚在宇宙里转着圈,嘴里念叨着:"我自由了,自由了!我自由了,你们也自由了!"这个梦似乎持续了很久。小维飘浮在空中,一头金色的长发,一身浅色的衣裳,周遭的天空如同翠鸟的翅膀般鲜蓝。我在她的身后升起,她朝我伸出一只手。我伸手去够,可她已经从我的身边飞走了,一边抬头仰望,一边面带笑容。她是那么幸福,从而也令我备感欣慰——为了她、为了她能幸福而欣慰。醒来时,我正用维多利亚睡觉的姿势仰面躺着,双臂交叉在脑后,面朝着房间。我平日里总是侧卧着睡觉,醒来时多半处于半梦半醒的状态,脾气十分暴躁。以这个姿势醒来,脑海里回荡着女儿说她自由了的声音,令我十分困惑。

我没有起身,而是躺在那里回忆自己度过的这个不安之夜。某一刻,我被客厅里电视嗡嗡作响的声音吵醒了。原来是夜猫子马尔科姆起床在看网球,尽管当时已经是凌晨两点钟左右了。我爬下床,冲进客厅。马尔科姆正坐在沙发上,身旁依偎着我家的猫咪"小手套"——他俩都愤愤地抬头看了看。我对他说,明天是开学的日子——已经是今天了——还有几个小时我就要起床做准备了。他好脾气地耸耸肩,关掉了电视。我踮着脚走进小维的房间。她似乎正在熟睡,只是一反常态地用被子蒙住了头。我听着她平稳的呼吸,说了句:"晚安,亲爱的。爱你。"为了祝她好运,我在她临睡前都会轻声地说上这么一句。然后我就蹑手蹑脚地退了出去,关上房门。门把手最后一次旋转时发出了恼人的沉闷声响。我也去睡了。

早上六点四十五分,回想完这一切,我赶忙投入了晨间的工作。起床后,我把吐司放进面包机,泡好了咖啡,心想:真是怪事,小维还没起床,都快七点了。

我走进她的卧室,喊了一句:"小维,该起床了。"窗帘依旧合着。可借着从缝隙间透进来的阳光,我看到被子已经翻开了,小维不在床上。我感觉很不对劲,于是敲了敲浴室的房门,无人回应。我打开门,她不在里面。我以为她可能又在耍什么愚蠢的把戏,正躲在水槽下的橱柜里,于是满怀希望地看了看,可她也不在那儿。

说不定她在别的房间。我小跑着一间间地看去,没有她的影子。也许她去阳台了?没有。我叫醒马尔科姆,抓起手机奔下楼,开始沿着通往其他公寓楼的山坡跑去。某种感觉拦住了我,不仅让我不愿再多离家半步,还令我萌生了"一定不能过去"的直觉。我掏出手机发了条短信:"小维,拜托,你去哪儿了?"我又跑回公寓,边跑边忐忑,小维是不是出于某种原因上了主干道,去了某条运河上的桥梁。她为什么要那么做?我又为什么觉得她有可能会那么做?公寓里,马尔科姆正不知所措地来回踱步。听到摩托车的声响,我俩夺门而出,希望能够听到什么消息。来者是公寓的保安莫汉。他是个高大魁梧的男人,脸上留着一撇精心修剪的小胡子,对待工作尽职尽责。他从小维年幼时起就认识她了。此时,这个身穿蓝色制服和锃亮黑皮鞋、一贯和蔼可亲的老熟人已经泣不成声。

莫汉不肯告诉我们出了什么事。他浑身发抖,脑袋埋在两手之间,嘴里只顾念叨:"快来,你们得过来一趟。在山的另一边,山的另一边。"他是来接我们的,接我们过去。可我们不想去，我们坚守着事情应有的样子。校车很快就要到了，我们希望它能来。我想放声大喊"维多利亚，校车来了"，然后看她从卧室里钻出来，把绿色的书包拉到肩头，像个老太太将自己全部的家当扛在背上，然后直起身子，昂首挺胸，亭亭玉立。我想看到她蹬上擦得锃亮的皮鞋，却把鞋带系得乱七八糟，然后在她出门时轻轻地拍拍她的后背。这是我惯用的祈福手势，祈祷她能一路平安。我还想看小手套像往常一样冲出门，跟着她下楼。

斑纹猫小手套和一身黑毛的安吉丽娜既困惑又恐惧地跑上了阳台。恐惧如同猫爪般挠过我的五脏六腑。"你们必须过来一趟。"莫汉说。我们被他领到了楼下的停车场。一路上，大家都沉默不语，谁也没有开口说些什么。我们无助地向前走去，出于本能地害怕着自己的死亡，或者至少是此刻的自己会死去。别人领着我们去向何方，我们就去向何方，因为我们已经无力回天。莫汉挥手招呼一辆白色越野车停下，让我们坐上去，吩咐司机驶向山另一边的公寓大楼。司机意识到事态紧急，点了点头。我们一路飞驰，路过一个个正在家里为新的一天做着准备的家庭。车子来到山的另一边，在一座面朝热带紫檀、香灰莉树和粉白双色叶子花的公寓楼附近停了下来。公寓楼下已经聚集了一群人，其中既有各个年龄层的新加坡人，也有正抱着彼此哭泣的年轻菲佣。现场的警察有的骑在摩托车

/7

上，有的站在附近做笔录或打电话。黄色的警示胶带将人群与他们关注的对象分隔开来。

她的双臂交叉在脑后，仰面躺在一楼停车场通往大堂的浅黄色水泥砖小径上，脸上没有一丝血色。她的双眼紧闭，在我看来十分安详，却又充满懊悔。她的脖子是倾斜的，一只手臂扭曲着，看上去十分奇怪。

我像往常一样下了车，看到一个人，一动不动，空壳一般。我感觉不知所措，仿佛这世上有什么珍宝就这样凭空消失了。一缕灵魂腾空远去，剩下的这副躯壳看上去和我的女儿很像，但那不可能是她。

维多利亚是个生龙活虎的高挑女孩。如果那人是她，太阳照在她的发丝上一定会闪闪发光。可令人费解的是，眼前这具躯体的发色却是深得不能再深的棕色。她躺着的地方仍旧笼罩在一片树荫之中，地砖上浸染着黏腻、混浊的深红色污渍。也许，也许，她正在这片树荫中熟睡，面向她深爱的一切：阳光、自然——耳边是翠鸟和白冠画眉鸟的叫声，身边是已经开始从地面蒸腾起来的晨间热浪。但我知道她不是真的睡着了，我的胃里一阵翻江倒海，加快脚步冲向尸体。警察拦住了我，语气坚定地告诉我，必须等到督察过来。马尔科姆啜泣着、哽咽着，嘴里一遍又一遍地念着"不，不，不，不要啊，维多利亚"，然后竭尽全力地挣脱了束缚。他冲到维多利亚的身旁——感谢上帝——哭着亲吻了她的脸庞，却被一名警察拽开了。

我们坐在从附近公寓借来的椅子上，面对着五十米外女儿的遗体。热浪涌起，蚂蚁出洞，围观的人群在指指点点。马尔科姆坐在我的身旁，愤怒地一遍遍重复着"不会的，不会的，不会的"。他无法忍受这种毫无同情心的安排，想要起身离开，转头一把抓住仍在陪伴我们的莫汉，把头埋进虎背熊腰的莫汉强壮的手臂间，和他抱头痛哭起来。我麻木地坐在那里，这一切让我难以置信。我不知道自己为何没有掉泪，也不知道自己是不是夫妇中"理智"的那一方。我宁愿起身放声尖叫，失去理智，被带去别的地方。但我心里的某个部分——那个恪守本分的女儿，那个唯命是从的家伙，那个坚忍忠诚的母亲——迫使我以某种荒谬的姿势呆坐在椅子上，凝视着死去的女儿。警方支了一顶小小的蓝色帐篷，遮住了尸体。我多么希望维多利亚能够站起来说："你们上当了！该露营了。"

一辆白色的厢式货车出现，将她送去了停尸房。我应该陪在她的身旁。他们不让我们离开。我和马尔科姆回到公寓，接受警方的询问。"你们知道她去了这栋大楼吗？"一名警察呲咄逼人地问道。我们不知为何要面对如此愚蠢的问题，这些人是什么意思？他们在客厅和维多利亚的卧室里四处搜查，还检查了她桌上的书本。我们跟上去时，就会被他们要求坐回沙发上等待。后来督察接了个电话，微笑着说小维的手机和拖鞋在十楼被找到了，周围环境似乎并无可疑之处。我点了点头——无论他们说什么，我都会点头的。那些人看似松了一口气。我隐约从他们的眼神中看出，我们已被排除杀人嫌疑。警察要求我们跟去她的卧室，回答一下有关屋内物品的问题。

维多利亚的校服、鞋子仍旧摆在她的书桌上，闪亮的棕色皮鞋旁还放着她的书包，她为朋友准备的生日礼物已经打好了包装——警方把这些东西全都收走了。我们过分热情地动手帮忙，仿佛善待这群警察就能让他们全都消失——就能让这件事情烟消云散。但这里没有遗书。我希望某个地方肯定放着一封遗书，一则写给我们的讯息。后来，我的确在小维的手提包里找到了一张小小的黄色便利贴，上面用工整的小字写道："我不想变成植物人。"警察把便利贴连同她的笔记本、相机和笔记本电脑全都收走了。他们离开后，一股沉重的气息瞬间从公寓消散了。屋里空空荡荡，只有马尔科姆和我瘫坐在沙发上，一边颤抖，一边啜泣。我们偶尔抬起头，迟钝呆滞、不可置信地凝视着彼此。

二

早上好

几个小时过去了。我从床上爬起来,坐立不安。家务事应该能带来几分安慰,于是我成了一只工蚁,把猫碗附近扫了扫。地板还是不够干净,我弯下腰,凑近审视大理石地砖,发现一行小黑蚂蚁正在两只锡制的猫碗和一条狭窄的墙角线缝隙间穿行。我把碗拿到水池边,恶狠狠地刷掉了已经结块的珍致牌肉汁烤海白鲑鱼和金枪鱼盛宴口味猫粮,还在原先摆着猫碗的地板上喷了些消毒剂,吓得排成黑线的蚂蚁惊慌失措。我拿起一块绣着"早安"字样的白色厨房巾,手脚并用地跪下来,将蚂蚁一只只碾死,接着又将厨房巾丢进垃圾桶。厨房巾布料柔软的触感让我想起衣服还没洗,我朝洗衣机里瞥了瞥,看到了维多利亚的棕色T恤衫。她生前做过的最后几件事情之一,就是把这件衣服丢了进去。怎么会有人在结束自己的生命前还要把再也用不到的T恤衫丢进洗衣机里呢?我的脑海中飞快地闪过这个念头，在看到她的遗物那一刻悲喜交加，叫出了声。我把脸埋进柔软的布料里，T恤衫汗津津的，出奇地光滑。我吸了一口T恤衫上的气味，那是青春、闷闷不乐的焦虑与甜蜜的味道，是难闻的泰勒·斯威夫特香水的味道。我和她在不到十二个小时前才道过晚安，那段时间里，她在什么情况下穿过它？她会不会曾经溜出家门，迈上横梁，强忍痛苦、焦虑之情，却还是决定反抗死亡，跑回家钻进了被窝？她会不会后来再次醒来，重新试着穿上别的衣服，出于某种扭曲的善意，为我做了这项简单的家务，然后轻轻地关上前门、走进了夜色之中？难道这表达的不是对生存依依不舍的渴望，不是对衣服洗好后还能再穿一次的未来充满希冀，而是爱的最后一次体现？

  我想要奔赴警察把她送去的地方，紧紧地抱着她说"好了，好了，妈妈来了，别怕"。我这才意识到，我可能永远无法再抱着她、嗅到她身上的味道了——这件T恤衫将是我手中最后一件属于她的物品。于是我将它放进塑料袋，塞进梳妆台睡衣抽屉的深处。在我忍不住想要触摸、嗅闻维多利亚的物品时，它将成为能够拯救我的秘密宝藏。我的思绪飞快运转，暂时关上了这只替未来准备的抽屉。未来的旅途中，我将走上中年丧女的人生。眼下，她还没有死。她还在这里的某个地方，只不过我一时找不到她了。

在这之后，我不知道该做些什么好，感觉像是被人一拳打中了脑袋，无法集中注意力。我花了很久才萌生了一个念头。人在身陷危机时都会做些什么呢？我小的时候常在黑白电视上收看一部名叫《加冕街》的英式老肥皂剧，剧中，通情达理的埃娜·沙普尔斯应该会去泡杯茶吧，于是我给马尔科姆泡了杯茶。他喝不下去，连理都没有理我，就坐在沙发上呆呆地凝视前方。我这才意识到，埃娜·沙普尔斯是不会去泡茶的。这个坚忍不拔的曼彻斯特老悍妇会一头扎进名叫浪子回头的酒吧，灌下一品脱的烈性黑啤酒。

不过我在面对危机时不喜欢埋头喝酒。我喜欢沏茶的仪式，喜欢冒着热气的开水壶，喜欢沙沙作响的茶包，喜欢搅动的白糖。我的情绪渐渐镇定下来，这才允许自己稍稍去想想未来……比如接下来的一个小时。

星期一一直是我休班的日子。通常到了现在这个时间——上午十一点——我已经走了很长的路散步回来，冲完了澡。我会计划给自己和小维做些什么当晚餐，还要考虑准备点吃的，供她下午四点二十分乘校车回家后吃。她喜欢从店里买的布朗尼蛋糕、肉桂卷之类的零食，或是家里做的香蕉面包等，抑或是在吐司上抹上融化的奶酪。她已经去上学了，对吗？虽然马尔科姆正在她的房间里痛哭流涕，嘴里反复念叨着"哦，不要,不要,不要",但这样想象是最容易的。平日里这个时间,马尔科姆还在睡觉,因为他是《海峡时报》的图片副主编,上夜班。我在家里走动时都会轻手轻脚,以免吵醒他。

虽然他睡意全无,号啕大哭地喊着"不,不,不",我却没有去安慰他,而是走到了摆在客厅餐桌上的笔记本电脑旁。我决定,先不去查收邮件。也许我觉得应该给某些人写封信,告诉他们发生了什么。但我该怎么开口,述说自己已经失去了那个值得让我活下去的人。我的亲骨肉竟然觉得人生如此糟糕,以至于强迫自己做出了最反常的举动,在令人无法想象的恐惧、痛苦与孤独中自我毁灭。这似乎彻底否定了我这个母亲,也否定了我以为我们共有的所有母女情分。原来,我以为自己了如指掌的女儿竟是个彻底的陌生人?

我找到文件夹,翻出了建筑设计图和成本明细。自从我们位于新西兰克赖斯特彻奇的家在2011年2月的地震中被毁,三年来,这已经成为我每天例行的公事。地震发生时,我们都在新加坡,幸运地逃过了一劫。家里的房子当时处于出租状态。保险公司最终同意为我们重修一座住宅。我翻出门把手的成本,心中模糊地意识到,我已经没有未来了,也没有家庭能够住进那座想象中的房子了。维多利亚已经在楼下的几间卧室中为自己选好了一间,那里拥有独立的入口,很适合上大学后的她。但新的现实再一次成为残酷的真相。我坚定地认为,小维更喜欢简洁的铬合金杠杆式门把手。这个决定仿佛是某种巨大的成就——虽然我熟悉的生活已经轰然倾覆,但这种小事我还是能够掌控的。

三

午后

距离我在公寓楼下的地砖上看到小维破碎的尸体,已经过去了四个多小时。和我们在人群的围观下坐在椅子上、任由蚂蚁排着队向她爬去那时相比,外面的阳光更加炽热了。

马尔科姆从卧室里走了出来,我们拥抱了彼此。他看着我说:"我们得通知大家了。"

下午两点五十八分,我发出了第一封电子邮件。在此之前,我可能还打过几通电话,但现在已经记不得了。我通知的是家人,还是密友?不,出于某种原因,我的第一封电子邮件发给了自己几乎不认识的某个人——我第二天要去参加的网球比赛组织者:"你好。我恐怕不能参加明天的比赛了。我突然失去了亲人,没有心情寻找替补。能否请你代我寻找?现阶段我只能做到这里了。琳达。"

一切开始时还秩序井然,接近尾声时却开始地动山摇。我还在拼命努力地操控自己的生活，以为先通知网球比赛的组织者，就能把小维的死划分为某种会影响别人的时间、给他们带来不便的事情——这完全就是在自欺欺人。五分钟后，用这种一笔带过、令人难以理解的通知方式，我给身在威尔士的一位好友发去了一封电子邮件："嗨，珍妮。亲爱的维多利亚死了，她从我们公寓的一座大楼上跳了下去。警察刚刚离开。请为我祈祷吧。琳达。"这更像是在陈述事实。不过警察的确是在几个小时前离开了，除非他们还回来过？我已经记不清了，只知道那天下午晚些时候，随着消息传开，电话和电子邮件纷至沓来。

那一天和之后的一天，善良的新加坡同事们不期而至，向我们伸出了援手。副主编香姐与我相识多年，十分包容我这个脾气暴躁、在文化上经常失言又笨手笨脚的老外。她的丈夫佑佳退休前曾是一名夜班编辑。由于我家没有汽车，香姐和佑佳便包揽了我俩的交通出行。在前往停尸房正式认领过尸体之后，我们还要频繁地往返于城里的殡仪馆，和警察核实情况，安排葬礼细节，去机场迎接家人。香姐和佑佳在其他同事的帮助下安排好了一切。我和马尔科姆的意识都很模糊，什么也做不了，完全吓傻了，就连下车走去停尸房和管理处、与殓尸官见面、参加葬礼与火化仪式，都得像个孩子一样被香姐和佑佳牵着。有人送我们去看了医生，开了些安眠镇静的药片，以免我们难忍痛苦，也跑去窗边一跃而下。

四

随后

我以前从未见过新西兰高级专员公署的领事顾问苏珊·伍兹,她是为有需要的新西兰人提供帮助的。在走进新加坡中央医院停尸房的路上,我允许这个陌生人握住了我的手。眼前的这间公共服务办公室十分简陋,地上铺着油毡毯。不断有人汗流浃背、不顾一切地径直走上前,拽住我们的衣服,在我们耳边嘟嘟囔囔,把殡仪馆的名片塞进我们手中。"他们都是来揽活的。"有人解释道。殡仪馆会花钱雇人在停尸房附近徘徊,招揽生意。我一脸茫然地紧盯着他们。马尔科姆握着我的另一只手,我靠在他的肩头。

"你们准备好了吗?"苏珊问了一句。我点了点头。

我们迈进玻璃门廊,透过左手边的玻璃,我看到一双抬起的僵硬手臂,攥紧的双手仿佛是在愤怒地抗议;我看到一双呆呆地睁开的蓝灰色眼睛;我还看到了雀斑,瓷白色皮肤上的浅棕色小点。我们之间隔着的那层玻璃会给人带来一种屏幕的错觉。我就是一个旁观者,正在观看事件的发生。这不是真的。轮床上的那个生物宛若一只仰面躺着的小鸟,爪子紧紧地蜷曲着,死在笼子的地板上。

"你们确定这个人是维多利亚·斯凯·普林格尔·麦克劳德吗?"

"是的。"我体内的某个部位不假思索地冒出了一个声音。苏珊攥紧了我的手。

五

装殓

我们连接下来的一个小时该如何度过都不知道,更别说为女儿安排葬礼了。报社的同事挺身而出,组织了维多利亚的告别仪式。他们与我们核实:你们想不想把她的遗体运回新西兰,在那里举行葬礼?我和马尔科姆都摇了摇头,心里十分清楚:小维出生在新加坡,死后也应葬在这里。尽管她的护照表明她是新西兰公民,但她的心大部分是属于新加坡的。小维应该在这里得到纪念、哀悼与告别。新西兰的葬礼仪式可以迟些再办。

新加坡很适合维多利亚,但我现在才意识到,要是我们把她葬在奥马鲁——马尔科姆的故乡、小维深爱的祖母茜拉居住的地方,至少还可以在葬礼过后举行一场聚会,寻求安慰。我们在卡卡努伊度假屋社区里认识的老朋友可以带着食物与饮料来安慰我们,同时吊唁和追忆维多利亚。他们理解生命的无常

（马尔科姆有个朋友的兄弟就是自杀身亡的；另一位老朋友的配偶劳拉还在悼念自己的妹妹，那个十四岁的女孩一想到开学就要返回寄宿学校，拿起父亲农场的枪饮弹自尽了）。我发现自己十分想念那些善解人意的人，想念能和他们分享一瓶单一麦芽威士忌，想念能和他们一起破口大骂、亵渎神明（为什么啊，上帝？你这个该死的家伙），想念新西兰人的种种大不敬行为。

在众多可选的殡仪馆中，我们选择了最知名、最受好评的新加坡殡仪馆。殡仪馆位于市中心的薰衣草街，外观看上去很像闹市区附近招待游客的实惠小旅馆，时髦却不摆阔。马尔科姆被领去了某个看似电梯大堂的地方，我则被领到大楼的另一端，看到了一幅工业场景：一辆辆旅行车和厢式轿车倒着停靠在平台边，以便尸体能被转移到桌子或轮床上（我已经记不得是哪种工具了）。在汽车发动机的嘈杂声和钢铁敲打水泥地的铿锵声中，人影四处走动，做着手头的工作。这个多少有些类似工厂的情景，让我想起了数字技术出现前如日中天的报业。震耳欲聋、剧烈振动的印刷机印出的报纸还带着余温，就被装进了运输卡车。

我被领进了一片区域，那里有个女子正在我女儿的遗体旁走来走去。从她一丝不苟的熟练动作判断，她应该是个专业人士，我猜是入殓师。遗体上盖着一块布，但我女儿的面容和终于合上的双眼看上去十分安详。我摸了摸她的前额，感觉如大理石般冰冷。她的身体从没有这么冰冷过——现在回想起来，我那时还总是害怕她在发烧。

女子驾轻就熟地掀起布单，让遗体露了出来——我女儿的身上只穿了胸罩和短裤，这出人意料、不拘礼节的一幕令我大吃一惊。不过我十分庆幸负责维多利亚的是一名女子，而不是男子。她的确是入殓师。看着她鼓舞人心的温暖微笑，我继续做着手头的事情，没有瘫坐在地上尖叫、呜咽。我很怕自己有可能会做出这种事情，便一直在忍耐。我们是女性，要共同完成这项任务，一项赋予女性的古老任务：为死去的子女穿上葬礼的殓服。为了向维多利亚致敬，我硬下心肠，准备怀着崇敬的心情完成这个爱的举动，最后一次触碰女儿的身体。

我已经记不得都给小维穿了些什么了，却还记得自己为此收拾了几件衣服，从她的梳妆台上拿了几样发饰和化妆品。我也不太记得自己是怎么为她洗净了又细又长的头发，将它们一根根梳直，梳到发丝都干了。我的动作十分轻柔，充满了渴望与不舍，还在她已经毫无生机的脸颊上亲吻了好几次。

后来我回到了殡仪馆的大堂。在被香姐和佑佳领着走进门时，我注意到有好几家人都在这里守灵。按照新加坡华人的习俗，灵堂和走廊沿途都摆满了花架，架子上装饰着肃穆的巨型花圈。这些花圈都是前来吊唁的人购买的,上面还挂着死者和吊唁者的名签。维多利亚被安置在殡仪馆的"蓝宝石堂"(里面配备了全套的影音设备、茶水和咖啡机)。我们的走廊和灵堂里也放上了花圈,都是新闻专线机构和新加坡报业控股集团的同事送来的,其中还包括我们的编辑沃伦·费尔南德斯的赠礼。这些花圈提醒我们,除了这个蒙受悲哀的家庭小世界,我们还有工作。它们同时也在提醒我们,这里的丧事有着不一样的文化背景。在西方,死亡往往秘而不宣,悼念仪式也大多办得遮遮掩掩、速战速决,好让活着的人能够"继续前进"。换作那种环境,我肯定会觉得这些大张旗鼓的悼念活动粗俗不已、惺惺作态。然而身在新加坡,当远离故土文化却又渴望指引的我,看到娇弱的花瓣、花枝和拼着女儿名字的花圈时,心中竟感觉到了一丝振奋。那些被印在花束上的名字——维多利亚、我们和吊唁者的名字——证明她的确在这世上走过一遭,证明我们仍旧是一家人,也证明同事们让我拥有了一个更大的家庭。他们就是我的靠山。

我们走进蓝宝石堂。屋子十分狭小,铺着地砖,没有窗户。其中一面墙上挂着一条巨大的横幅,上面写着圣约翰关于"道路、真理、生命"的福音。应该是某个好心人告诉了殡仪馆,我们是基督徒,因为殡仪馆需要知道我们的信仰。从教会学校毕业以来,我已经几十年不曾想起自己是基督徒了,生活被浓缩成只剩世俗的忧虑。紧接着,我看到维多利亚紧闭着双眸,平躺在一口白色的棺材里。我尖叫着呼喊她的名字,冲过去拥抱她。以任何可能的方式与她在一起的满足感,远远超过她已经躺在那里死去的事实。

六

三日

西方的葬礼过后通常会举行守灵仪式。人们聚在一起,吃着美味的三明治,喝喝茶,也许还会喝上一小杯威士忌。吊唁者会向痛失亲友的人表示慰问,大家相互拥抱,简短地聊上几段回忆,也许还要挥洒几滴泪水,然后坐车离开。但我们身处的地方是新加坡,因此一场为期三日、具备基督教元素的中式守灵仪式被安排在了葬礼之前举行。我和马尔科姆已然痛不欲生,因此各项组织事宜都是各位同事出面施以援手,其中大部分都是华人。

按照当地的习俗,维多利亚被安置在一口敞开的棺材里,前面摆着各式照片和纪念品。前来吊唁的人会日夜守护着她的尸体,直到葬礼结束后她被送去火化。马尔科姆的朋友、摄影师弗朗西斯·王是个退伍老兵,他审慎地协调着守灵期间小维灵堂的运行。弗朗西斯将自己信任的年轻摄影师马克·张安排在灵堂入口处。要胜任这个岗位，做起事来既要老练得体，又要巧妙而坚决。他的工作内容是负责访客登记和向死者的亲友收取挽金。所有的细节和金额都要一丝不苟地记录在案，态度得毕恭毕敬，同时还要不失幽默。（当时我们对此一无所知。对西方人而言，从吊唁者手里要钱的做法似乎非常过分。但如此务实的思想后来却令我们感激不尽，因为守灵和葬礼仪式的费用竟然超过了一万五千美元。）

新加坡人在参与送葬方面个个都经验丰富。前来吊唁的人陆续到达，围坐在圆桌旁的咖啡馆风格座椅上。要不是屋内花团锦簇，还安放着装有尸体的棺材，这里俨然就是一家饭馆的店面。吊唁者并没有因为这样的场合失去胃口，在接下来的三天时间里，他们有吃有喝，嗑着西瓜子，陪我们哭，陪我们笑，一起回忆悲伤与快乐的时光。我在维多利亚身旁一坐就是几个小时，对她诉说着心中的爱和那些想说却一直没有机会说的话。他们也觉得这完全正常。我告诉维多利亚，她的祖父杰克是第二次世界大战的坚决反对者，由于不想和自己的战友分开，于是成了一名救护车急救员。据茜拉回忆，他总是梦到自己身陷战壕，伴着"我够不到他，我够不到他"的哭喊声醒来。他是个勇敢的男人，在自己的行为准则范围内愿意竭尽全力。我还对小维说，祖父肯定会喜欢她、为她感到骄傲的，并让她向杰克转达我们的思念。

几天的时间一晃而过。我坐在那里，顶着一头乱发，脸上没有任何妆容，只有一道道泪痕。我不在乎自己穿了什么衣服，套了哪双鞋子。有那么一两次，我被人轻轻地搀起双臂，蓬头垢面地去和吊唁者见面，看到震惊的神情从他们的脸上一闪而过。其中一个格外注重穿着打扮的媒体同事甚至发了一条信息，请别人转告我："告诉琳达，至少为葬礼整理一下自己的头发。"那些观念比较传统、信仰道教的华人也许可以容忍我的不修边幅。按照他们的习惯，直系亲属是要披麻戴孝的。而且，长辈不必向晚辈致哀。古时候，小孩的葬礼都是悄无声息地进行的，没有我们正在经历的这些琐事。

我想，这就是现在的我吧：一个被创伤和哀恸逼疯、又傻又土的中年妇女。但我很高兴他们能看出我的痛苦，我需要从他们的眼光中知道我在经受痛苦。我无法靠自己看见，整个人已经麻木到什么都觉察不到了。

谁会来与我的女儿道别，谁拥有爱心、勇气，或是恪守礼仪，会来参与这样的人生大事？大部分都是同事，是从容的新加坡人。他们通过工作和偶尔的社交聚会同我和马尔科姆相识，却在守灵时带来了亲密友谊才能赋予的安慰，他们对悲哀的理解深刻而恭敬。记者赛林妮·吴也有一个年幼的孩子，她站在棺材旁,发自内心地为前来哀悼的人们演唱了一首赞美诗《我心得安宁》。歌声笼罩下,房间里一片宁静。帕特·丹尼尔也挺着庞大的身躯在狭小的灵堂里演唱了一首《奇异恩典》,他是我的雇主——新加坡报业控股集团的英语、马来语和泰米尔语的媒体部门主编。他沙哑的男高音铿锵有力,令人惊叹,将众人联结在一起,为我们想要表达的感情赋予了声音,催人泪下。

前来吊唁的人有着各种宗教信仰。根据穆斯林法令,死者应该尽快入土为安,且葬礼前是不包括遗容瞻仰仪式的。但墙上挂着基督教十字架的灵堂里也出现了穆斯林同事的身影。

马尔科姆的穆斯林朋友依沙克劝他要坚强。新西兰的毛利人也会这么鼓励你:"KIA KAHA——要坚强。"我的丈夫一直在喃喃自语地重复这句话,仿佛是在试探它适不适合自己。但他发现坚强是不可能的:依沙克的建议出自一个信徒之口,是能从苦难中参透意义的人说出的话。一个超然的人才能立定决心,认为死后还有来生。马尔科姆钦佩这份笃定与信仰,却无法认同。

新加坡的邻居们也来了,还有一些通过我的报纸专栏与我有过一面之缘的人。其他人是通过《海峡时报》上的讣告得知我女儿的死讯的。终于,吊唁者中出现了几个西方面孔。她们都是我多年不曾联系的邻居,是维多利亚幼时玩伴的母亲。我看得出来，她们都对灵堂的布置感到震惊——来来去去的亚洲吊唁者、入口处的抚恤金捐献登记簿、被圆桌和椅子塞得满满当当的小房间、敞开的棺材、位于中心位置的维多利亚残破的遗体、位置显眼的遗照。在她们吃惊的注视下，我们轮流亲吻着小维，还和吊唁者们一一握手。隔壁隐隐飘来枯萎鲜花的甜腻香味，还有天晓得什么人点燃的焚香味道。也许是某个前来吊唁的佛教徒在表达自己的敬意？不过这些女子都是务实之辈，她们放下了心中所有属于西方人的顾虑，抱着我并陪我哭泣，甚至走到维多利亚的棺材旁低声与她说了几句话。

我们注意到，维多利亚的学校没有任何人前来吊唁，没有老师、校长，就连她的朋友也无一人现身。我们困惑极了，一直希望有人能够出现。

那些日子里，我们也会返回公寓。每天，我们都会在几个不同的时间点去殡仪馆，然后回家喘口气——这种迟迟不结束的道别方式实属完美。能够支撑我走下去的唯一方法，就是知道自己很快就能回到殡仪馆陪伴维多利亚，坐在她的身旁，让她的肉体继续留在我的生活之中。

尽管据我所知，维多利亚的学校里没有任何人前来参加守灵仪式，但负责学生福利的工作人员和她的上司某天竟然来到了我家。我模糊地记得我曾在小维上小学时见过后者，但前者就完全不认识了。这所专门接收国际学生的私立学校为什么要把这两个人派来呢？为什么不是维多利亚特别喜欢的某位老师，或是校长，抑或是负责我女儿合唱团的副校长？但我们还是彬彬有礼地邀请他们进了门，还为他们倒了茶。学生福利负责人打扮得格外讲究，还做了发型，明显十分紧张。在问候我们、诉说自己有多震惊时，两人一直心照不宣地互相交换着眼神，偶尔还会尴尬地停顿片刻，似乎以为我会对他们大发雷霆，或是质问他们什么。我不明白，却还是把不断浮现在脑海中的问号一一抛诸脑后。眼下，我能应对的只有善意。事后，我和马尔科姆还讨论过这个问题："真让人不舒服。他们是谁啊？也许他们是真心喜欢维多利亚？可他们为什么那么焦虑而不是难过呢？"

邻居们纷至沓来，基督徒、穆斯林、佛教徒、道教徒——大家都表达了自己的善意。一位牧师还曾上门为我们祝祷。就连坚定的无神论者马尔科姆也加入了祷告，不过他拒绝了敲着门并主动要求进来安慰我们的一群陌生人。他太累了，于是谢绝了他们。我们后来才发现，那群人并不像马尔科姆想的那样，是一群好心的狂热基督徒，而是新加坡撒玛利亚人的一个团体，专门帮助那些受自杀影响的人。

鲜花络绎不绝。前门每次被敲响，背后都会站着一个手捧花圈或花束、闷闷不乐的快递员。他们已经厌倦了一次又一次地在巨型公寓大楼的弯弯绕绕间迷失方向。

有些人没有来。我在新西兰的父母年纪太大、身体虚弱，禁不起大老远地赶来新加坡。他们送来了一大束兰花，是维多利亚最喜欢的紫色。我唯一的兄弟彼得和他的妻子、两个儿子则是一片沉寂，连通电话也没有，更别提电子邮件了。我打电话去奥克兰，询问和他们住得不远的母亲，她说他们不想和我联系。年纪最小的那个男孩比维多利亚大一岁，在我们带着蹒跚学步的小维大老远地回到新西兰时，他俩一起玩过。但他说自己几乎不认识维多利亚，为何要大费周章。我的妈妈似乎并不觉得这是什么骇人听闻的事情。父母的言行举止、待人处事都有自己的理由。即便他们看上去不屑一顾，我还是一直深爱着他们。但那一天我才意识到一个可怕的事实：他们也许是爱我的，但实际上并不是真的喜欢我。那种感觉就像是我不仅失去了自己的女儿，还失去了自己的家庭。

尽管我的家人似乎都袖手旁观，马尔科姆的妈妈茜拉却是由衷地心痛。她已年近九十，却还是从奥马鲁打来电话，用睿智的话语安慰我们。马尔科姆的姐妹夏琳和宝拉也先后从悉尼和达尼丁飞了过来。

我在圣多米尼克学校读高中时最好的朋友菲奥娜·巴雷特从奥克兰赶了过来，几个好心的朋友为她支付了机票的费用。

我们从夏琳、宝拉和菲奥娜的表情中看出了和自己一样的迷惘、震惊与怀疑。大家彼此拥抱，从中汲取着力量。

有人送来了食物。我所属的网球社是个颇具英伦风范的组织。女社员们务实地起草了一份值勤表，每晚安排一个人为我们送来几样家常菜。我和马尔科姆欣然接收，还把这当成了一个可以稍稍开开玩笑的关注点：网球社的姑娘们今晚会送什么好吃的过来？以前从未见过的百吉饼品牌、某人制作的多彩蔬菜千层面，都令我们赞叹不已。即便我俩其实难过得谁也没心情吃饭，这样务实的支持方式还是让人感到温暖。当然，这些美食是不会被浪费的。前来登门探望的亚洲邻居、同事也会送来食物，陪我们坐坐。能从震惊的状态中走出来，为他们端上食物和饮料，尽到地主之谊是件好事。这样大家就不必在陌生的领域里展开深入的对话，探讨内心深处的失落、创伤和死亡的本质了。

大号的锡箔纸烤盘，盖着天鹅绒质地酱汁的斜管意大利面，散发着香醋芬芳的烤蔬菜（一个邻居匆忙制作的）。旁边的盖碗里盛着蔬菜面条汤（高级编辑阿兰·约翰送的），紧挨着它的盖碗里则是南瓜椰汁浓汤（出自网球姑娘们之手）和无数个从熟食中心买来的塑料饭盒，里面装着海鲜面条、炒米饭、蒸米饭、烤猪肉盖饭、蒸饺和焖芥蓝（记者和摄影师们送来的礼物）。厨房工作台上的袋子里放着三合一速溶咖啡。随处可见盛饮料的硬纸盒，既有当地品牌辉盛豆奶，也有菊花茶。

我们的公寓里从未像现在这样，摆满食物、人声鼎沸。《海峡时报》的同事们漫无目的地走来走去，时不时地看看手机、吃吃东西，或是出门买菜，抑或是刚刚买菜回来。有的人守在门边，负责人们的进出。有的人在照顾猫咪，为猫食碗里添上粮食，轻抚、逗弄着比较友好的小手套。香姐和佑佳也带着更多的食物来了（菲奥娜错把佑佳的名字叫成了尤达，就是《星球大战》里的那个人物）。在持续被人类同胞环绕的过程中，我们扪心自问，试着去理解自己的生活发生了什么，最爱之人又为何已经不在。

某一刻，阿兰·约翰坐了下来，"嗯哼"着咳嗽了几声，预示着他有重要的事情要说。其实我不太了解这位昔日的上司，只知道他是个令人生畏的印度裔新加坡人。他在新加坡记者中堪称传奇，会为了一则报道锲而不舍，写作风格清晰明了、扣人心弦，工作起来一丝不苟。他炯炯的目光中闪烁着"别惹我"的光芒，但当我一度怀疑自己作为报纸文字编辑的价值而向他寻求帮助时，却发现他是个既富有同情心，又善解人意的人。

"嗯哼。"他又咳嗽了两声。

"琳达、马尔科姆,请原谅,你们有没有想过要为维多利亚举办一场什么样的葬礼?"

我们等待着他能够建言献策,因为我们自己是没有心情考虑葬礼的事情的。歌曲的选择、火化仪式(土葬在土地稀缺的新加坡十分少见),一切都超乎想象。阿兰提出了几条建议。我们点着头,却并没有真的听进去。他好像提到了邀请学校的人来发表讲话。

混乱的旋涡之中,守灵仪式如同一个鼓舞人心的奇迹。维多利亚已经死了,但她的肉体还在,躺在殡仪馆的白色棺材里。这比彻底失去她要好得多,守灵能让我推迟完全失去她的真实存在。在此之后,我人生的定义可能就是丧女了。母亲/女儿;女儿英年早逝……

我害怕变成亨利·摩尔[①]的母子雕像,身体中央长出一个洞来。我们将在耶稣受难日那天举行火化仪式。我将再也不会拥有一个曾经属于我、后来与我分离的部分,只留下一个空洞,一片虚无。

要是我们把维多利亚空运回新西兰,送进殡仪馆,就只能在呆板沉闷、令人不安的气氛中私下瞻仰她的遗容。我也不会

[①] 亨利·摩尔(Henry Moore,1898—1986),英国雕塑家,以大型铸铜雕塑和大理石雕塑作品闻名于世。——编者注

有什么机会坐在她的尸体旁,倾吐心中的悲哀。

  不会有新加坡人镇定自若地前来参加追悼仪式。说不定我的家人会失礼地当场大发雷霆,扯着嗓门胡乱地指责一番。有些哀悼者会为我的眼泪感到尴尬,他们所有人都希望整件事情能够快点结束、尘埃落定。负责整理遗容的人可能会是葬礼的承办人或助理。我可能不会这么快就明白,人终有一死。眼下更重要的是,我也不会这么快就明白,借着"白发人送黑发人"的机会,暂时疯狂地发泄心中的悲哀是很有必要的。

七

耶稣受难日

今天是守灵仪式的第三天，也是最后一天——中式葬礼持续的日子都是奇数。有人说这是因为与偶数日相关的都是喜庆的场合，其他人则认为这象征了生命的不完整。

今天也是耶稣受难日，这个日子对新西兰人来说比较庄重，不仅仅是为了娱乐和放松的公共假日。新加坡社会十分尊重宗教纪念日，为了整体和谐起见，会认可各个宗教的权利。维多利亚棺材背后的墙上挂着一句字体特大的《约翰福音》名言："复活在我，生命也在我。信我者，即便死了，也必活。"这句话起初曾让一脸茫然的我陷入了难以接受的内疚状态中，后来逐渐点燃了我的意识。它似乎与我们眼前的现实没有任何关系，但我吃惊地发现，自己竟会在心里偷偷地期待着复活这种事情能够成真。我愿意付出一切、只要能再见到维多利亚一面，或者至少是知道她的灵魂去了某个幸福、安全的地方。在那里，蛋糕上的糖霜都是天使、蓬松的云朵与竖琴。

新加坡人对于来世的看法与此截然不同。华人（我猜应该说是非基督教华裔新加坡人和某些基督徒）把死亡视为对宇宙的破坏。在某种程度上，葬礼仪式就是为了恢复秩序与和谐。这是一种渴望和谐、害怕纷扰的世界观，认为和谐与秩序不仅对家庭和生意大有裨益，还有利于为人类繁荣营造最好的环境。我想，这样的"和谐"应该还包括与猝然长逝的人之间一种延续却又有所不同的关系。但身处21世纪，还一心想要相信维多利亚正在天上的某个地方与祖先为伴，进入了一个也许有、也许没有我从小信仰的天主教上帝的宇宙，似乎是在自欺欺人。维多利亚相信上帝吗？可悲的是，我们并不重视她的精神生活，就像我们并不重视自己的精神生活一样。就我来说，这并不是拒绝接受上帝、天主教的上帝、任何宗教组织或是我身边的佛教、道教信仰。我不愿意质疑别人为何要在阴历七月（八月前后）的鬼节给心爱之人的灵魂供奉食物、焚烧纸钱。他们觉得地狱之门会在鬼节前后打开，放出亡灵在人间游荡。

况且我也没有时间考虑是否要信奉基督教上帝。我一直忙于家务，忙于检查小维的作业写没写完，忙于烧饭炒菜，应对建筑商和保险公司，应对律师、工程师和市政服务机构，还要支付账单、完成编辑工作。过一天算一天的生活比任何有关来世的观念更加重要。

即便此刻呆坐在殡仪馆中，望着女儿的尸体，回想着她自毁的可怕情景，我还是觉得没有必要大发牢骚，埋怨上帝怎能做出这种事情。我认为眼下最重要的是：今天是维多利亚的葬礼，是我能够真真切切地看到她的最后一天。就连暂时承认这一天终将到来、讨厌的新生活即将开始，我也无法忍受。于是我的想法变了。好吧，想想看：我知道西方世界所知的耶稣基督在耶路撒冷被钉上了十字架，三天后死而复生。但即便我在抚摸、亲吻着维多利亚的尸体，低声问"你为什么要丢下我一个人？求求你，回来吧"时，也没有希望让她重生。她的灵魂已经飞走了，我强烈地感觉到她不想回来。我又想起了她死去的那天早上，我梦中的那个声音。唯一能令我感到安慰的，就是相信那是她在告诉我："我自由了，我自由了。"

八

玫瑰花瓣

在夏琳与宝拉的帮助下,我给维多利亚穿上寿衣,为那天晚些时候将在几英里① 外的火葬场举行的公开瞻仰仪式做好准备。我们选择了一条蜜瓜黄色的不对称短裙,裙子出自大众连锁时装品牌"全棉服饰"。她曾经很喜欢这条裙子,在 2012 年的圣诞家庭聚会上穿过它,还穿着它去过宝拉及其丈夫吉姆位于奥塔哥中部的度假别墅。在吉姆为我们拍摄的照片中,维多利亚站在中间,鲜艳的连衣裙彰显着年轻与希望。那天她还穿了一双浅黄色的及踝靴,她喜欢靴子,把它当成整身穿着的点睛之笔。照片中的她一头披肩的金发,双颊白里透红,酒窝深陷。我现在看出来了,照片中她的眼神透露着嘲讽的意味。之所以说是"嘲讽",是因为我怀疑将她逼入绝境的恶魔可能在

---

① 英制长度单位,1 英里约合 1.61 千米。——编者注

无人知晓的情况下已经出现，就藏在吉姆姑父镜头中的甜美微笑背后。

我们把这张照片和其他东西一起放在了棺材一头的小桌子上，前来吊唁的新加坡人喜欢观赏品评这些物件，即便我死去的女儿就躺在棺材中，他们也泰然自若。在这里，葬礼被视为社交生活的一部分。我觉得这样的逆来顺受能带来巨大的安慰，尤其是因为大多数西方人都认为死亡是个令人难过的话题，应该避开才对。

我将浅黄色的靴子轻轻地套在了小维毫无生机的脚上。早在一个星期前，她就把自己的脚指甲涂成了水蓝色。当时我还觉得那个颜色很怪，以为它是某种青少年的时尚。现在我明白了，那是病态的蓝，与毫无血色、摸上去冰冰凉凉的皮肤十分相称。她的双唇也是白色的，没有半点生机。她的皮肤是我见过的最苍白的。看着小维素面朝天的样子，感觉非常奇怪，她从不会素颜去任何地方。夏琳和宝拉的化妆技术比我熟练，她们将眼影精心地刷在她紧闭的眼皮上，还为她的双颊扑了些粉色的腮红，为她惨白的双唇增添了一丝红润的色泽。

马尔科姆轻轻地拍了拍我的肩膀。"是时候了。"他努力站直，身子却颤抖个不停，俯身最后一次亲吻了女儿的前额。我牵起她的手指，试图记住它们柔软的触感、优美的长度，记住它们曾经如何轻抚过猫咪的皮毛，又如何触碰过我的脸颊。

该在维多利亚的棺材里放置什么陪葬品,是由我们来选择的。这是我发自内心迫切想做的事情,也是中式葬礼的一部分。人们相信,被放进棺材里的物品都是死者来生可能需要的。我在里面放了她儿时心爱的毛绒玩具、最喜欢的睡衣和几张全家福来永远陪伴她。她的身上总会佩戴几样首饰,所以我在她的手指上戴了一枚绿松石戒指,还在她的手臂上套了几只叮当作响的手镯。我想念那种叮叮当当的声响。华人还喜欢为所爱之人准备上路的食物,象征着一家人即便阴阳两隔,也割不断亲情、相互依赖。维多利亚最喜欢我们这条街上的巴尔莫勒尔面包店。于是我的同事兼邻居帕特·黄专程赶去那里订购了食物,帮助我们的女儿度过这段始料不及的意外之旅。虽然这家店在耶稣受难日那天并不营业,但店主还是为我们烤制了一盒蛋挞。维多利亚在面对琳琅满目的货架上令人垂涎的手指泡芙和咖喱角时,总是会选择蛋挞。

我们还在她的尸体上撒上了玫瑰花瓣,片片花瓣宛若我们的脉脉深情,化作粉红色的泪珠,滴落在她身上。

棺材盖轻轻地落下了,再也不能掀起。那一刻,我想要失声尖叫、狂奔而去,紧紧地抱住女儿的遗体,迷失自我。但我还是选择留住应有的尊严——即便不是为了自己、维多利亚或马尔科姆,也是为了与我们一同哀悼的人。有人在棺材盖上放了一束粉色和白色相间的鲜花,这两种颜色代表死者是个女性,而且是个孩子。几位陌生的殡仪馆员工身穿白色衬衫和黑色背心,系着黑色领带,将安置我女儿的白色"轿子"抬到了一辆四面都是玻璃的白色灵车上,四面的玻璃能让沿途的行人都看到车里的棺材。这一幕在东南亚十分常见,在新西兰却是闻所未闻。灵车的发动机盖上绑着一大束鲜花。我们还意外地发现,司机身旁的副驾驶座位上竟然摆着维多利亚的巨幅照片,相框四周还装饰着三排娇小的黄玫瑰。看到这一幕,我们心中不知为何备感欣慰。这张照片拍摄于她人生中比较幸福的一段时光。照片中的她看上去容光焕发,身上穿着旧校服——柔软的白衬衫和斜纹布的短裙(校服的款式后来被她不喜欢的那个新校长换掉了)——表情看起来比穿着新校服时轻松不少。新校服她只穿了两个半月,是条端庄的连衣裙,她却说一本正经的袖口让她看起来就像个空姐。

小维的遗容在副驾驶座位上绽放着灿烂的笑容,好像正为自己能够高高在上地穿过车水马龙的新加坡街道而感到既兴奋又开心。很快,车子载着她开上高速公路,驶向岛上格外郁郁葱葱的万礼火葬场——那里毗邻她儿时去过的动物园。

我和马尔科姆手牵着手站在灵车后,难以置信地看着厢式货车的车门将我们死去的女儿关在里面。这不可能是我们正在经历的事,不可能是发生在我们身上的事。我应该陪在她左右,她还不能离开我们,但三天的守灵已经帮我们接受了接下来的这个阶段。灵车的窗沿上点缀着粉色、白色和黄色的花朵,营造出一种奇怪的喜庆效果。

听到一阵沙沙的声响,我发现马尔科姆正举着某人递来的一把雨伞。下雨了,"滴答"声敲打出了启程的迫切。灵车的发动机启动了。飘浮在空中的水汽将我紧紧地包裹起来,这雨来得正是时候。我已经麻木得哭不出来,于是老天替我淌下泪水。维多利亚,你的死就是这样令人悲痛。

送葬的队伍在我们身后排成一列。按照传统,家属应该全程步行前往墓地。但现在的新加坡吊唁者会在登上开往火葬场的汽车或大巴前列队站好,作为最后的告别。大部分葬礼都是在火葬场里举行的。我们身边的家人只有夏琳和宝拉,但菲奥娜站了进来,同事们也纷纷加入这支庄严肃穆的队伍,许多人手中都握着葬礼公司分发的蓝色雨伞。灵车开走时,我们所有人都跟上去送了它几步。车子很快消失在大雨和车流之中。我最后一眼瞥见的是引擎盖上黄白双色的鲜花,仿佛那是一辆婚车,正载着某个年轻的新娘去教堂结婚。

/ 43

九

僧侣诵经

这场葬礼以一种意想不到的方式拉开了维多利亚同我和马尔科姆之间的距离。我们的女儿成了公众人物,被安置在火葬场礼拜堂中央的白色棺材内进行展示。殡仪馆蓝宝石堂里的私密氛围荡然无存,实际上,那里已经被我们当成了公寓的客厅,桌上摆满了从家里带来的照片、毛绒玩具和纪念相册,还有食物、茶和咖啡可供取用。

维多利亚面对着成排的靠背长凳,独自躺在那里,成了一个遥远的物体,任人品评、哀悼或忽视。对此我毫无准备,我走上前轻声地告诉她,别担心,爸爸妈妈还在,就坐在最前面那一排。乐声响起,人们鱼贯而入。我发现自己的手里握着一份仪式流程表,上面列举了葬礼的歌曲和发言人的名称。仪式的主持人是新加坡圣约播道会的牧师蔡仲凯。我们后来发现,他不仅是我家两对邻居夫妇的熟人,还与马尔科姆的朋友、摄影记者特伦斯·谭相识。要是一个星期前有人告诉我，有位福音派的牧师将在我们缺乏宗教信仰的生活中扮演一个重要的角色、引领我们祷告，我可能会笑着大唱"赞美上帝，把废话探测器给我"。然而此时此刻，我们却为自己能够得到他的庇护而心怀感恩。大家都亲切地称他为凯牧师，他之前并不认识我们或维多利亚，与之交流时，我们也是语无伦次。但他不知怎么拟出了一张包含歌词的节目单，里面都是诸如《耶和华是我的牧者》等简单朴实、经久不衰的赞美诗曲目，最后以一首《奇异恩典》收尾。据说维多利亚很喜欢的歌手艾薇儿·拉维尼演唱的流行歌曲《坚持不懈》也在播放列表中。我完全不知道这首歌是她的最爱，甚至都没有听过。也许是她的哪个朋友提议的吧。我的思绪已经几近紊乱，更别提去弄懂事情的来龙去脉了。不过我想起来了，马尔科姆和我都不愿意在女儿的葬礼上发言。凯牧师可能邀请过我们，但我已经不记得了。无法在自己孩子的葬礼上道别、无法忍住眼泪、起身朝着聚集在教堂里的人点头示意，展现母爱的真挚——这是不是坏妈妈的行为？但我最好不要开口。事实上，马尔科姆和我为了能够挨过今天，都服用了大量的镇静剂。就算我设法站上讲台发言，也有可能说着说着便如鲠在喉，或者更糟糕的，说起话来含混不清，像喝醉了似的。

我发现，负责引导就座的人竟然都是维多利亚学校里的级长①。许多新加坡朋友可能不太了解侨民间的钩心斗角，这就是为了保护学校的名声，毕竟新加坡的大多数国际学校都属于营利性的私立学校，收费不菲。维多利亚的死亡方式也许会让侨民"客户"望而却步。我还惊恐地发现，那些级长都是维多利亚感到困惑和自卑时讨厌过的人。他们个个成绩优异、社会关系优越，还颇受欢迎。我记得她最喜欢的一首歌名叫《时髦的鞋子》，就连我这种落伍的妈妈都知道，这首流行歌曲的题材非常尖锐，讲述了一个烦躁、孤独的年轻人因为不属于酷小孩的行列，动了想要枪杀其他学生的念头。今天，那些"酷小孩"也不那么酷了，因为在某个身居要职的人的要求下，他们被迫在公共假日也穿上了古板的校服。那个人会不会是学校老师中的后起之秀，此刻正像女主角似的东跑西颠，（和小维的亲生母亲不一样）还被列入了发言的名单之中？她穿着绚丽夺目的红色连衣裙，戴着丝巾，妆容夸张得像是舞台妆，好像即将登台献艺。我移开了视线。据艾伦·约翰回忆，维多利亚学校派来的代表简直令人憎恶。他说："我记得自己心想，'这些人是不是有什么毛病啊？这是一场葬礼，他们的悼词听上去却像是颁奖礼上的表彰发言。'"

不过，别的长凳上还是能够瞥见几个通情达理的人的。我

---

① 在英制的学校中，级长是协助管理低年级学生的高年级学生。（如无特殊说明，本书脚注均为译者注。）

发现一小群不那么受欢迎的姑娘,其中几个戴着眼镜,看上去非常伤心。我猜她们才是维多利亚真心的朋友。由于我们住得很远,我还没有机会认识她的圈子。但不管是这群孩子,还是级长、老师,都没来和我们打过招呼。

幸而报社的同事和邻居纷纷走过来拥抱了我们,与我们分担着心中的哀伤。凯牧师是个格外富有同情心的人,在成为神职人员之前从事的是科学相关行业。他在主持葬礼时庄严肃穆,字字句句都像是发自肺腑。三年后我才意识到,耶稣受难日对他来说应该是个忙碌的日子。最后关头,他重新安排了多少事务,教会里又有多少人挺身而出,帮他填补了空缺?此后发生了什么,我已经记不太清了,只记得那个一身大红的老师和学校的另一位发言人对学校、学生及职工赞誉有加,却几乎没怎么提及维多利亚。也许我还能意识到维多利亚有我不曾了解的一面,他们却根本就不了解她。

马尔科姆和我发现自己站在棺材旁,为缓缓列队经过的吊唁者每人手里递上一朵貌似百合的白花,供他们放置在棺材里。我不知道这是谁安排的,我猜应该是一片好意吧。每个人都在棺材里摆上一朵鲜花,能让这场葬礼显得与众不同,也许还能让他们感到自己的一小部分也被放进了那个悲伤的盒子。白色的花朵象征着纯洁、无辜或未成年,让我想起了胸花。年轻人会把它别在连衣裙或西装翻领上,满心期待、兴高采烈地

/47

去参加学校舞会之类的重大仪式。而躺在我们眼前的这个少女冰冷的遗体将永远停留在十七岁，永远没有机会参加最后的考试，更别提去闯荡世界了。我能理解献花的想法，但要是让我在没有服用镇静剂、头脑比较清醒的状况下去选择，我可能会给大家分发小枝的薰衣草。它是维多利亚最喜欢的花，有着她最喜欢的颜色。或是一小把从我家阳台花盆里摘下来的叶子花，那些粉色、紫色和白色的花朵是小维多年来亲自培育的，在她去世前数月不合时节的干旱环境中还能屹立不倒。薰衣草或叶子花不太会让人联想到胸花和葬礼。至于和马尔科姆站在一起与吊唁者们握手——我感觉自己像是办完了一场晚会，正在门口欢送宾客。要是我还能条理清晰地寒暄几句，我也许会对他们说："谢谢光临。各位玩得还开心吗？抱歉，没有准备食物。相信大家都能理解。娱乐节目如何？下次再会。"

只是葬礼已经超过了限定的四十五分钟。下一场葬礼的吊唁者们已经等不及要入座了，毕竟这间小礼拜堂所属的万礼火葬场是由新加坡政府通过国家环境署来管理的。对于大部分新加坡人而言，火葬场标志着他们在这世上的最后一站。死亡与仪式不会为了一个新西兰女孩的葬礼停下脚步。而我们这场葬礼也只不过是四间"服务厅"（礼拜堂的正式名称）里安排的仪式之一。我们在三号厅，我觉得"三"是个不错的数字，比四号厅好多了。华人认为"四"是个不吉利的数字，和普通话中的"死"发音相近。但我在想些什么啊？她已经死了。

三号服务厅的隔壁正在举办一场佛教葬礼。僧侣们开始诵经时，我和马尔科姆还目瞪口呆、泪眼蒙眬地站在那里，看着手握白花的队伍源源不断地走向棺材。诵经声愈发响亮。我用余光看到几个身穿橙色长袍的人影正在击鼓、起舞。屋外，一辆后半截敞开的卡车载着一支白衣素裹的中式管弦乐团驶过。车上的乐手们用喇叭吹着走调的曲子，敲着铙钹，放下了另一副棺材。据说喧嚣的声响能够驱散恶灵。

这种文化融合更像是维多利亚的风格。这就是她了解与热爱的新加坡：一个包罗万象、纯朴自然、宽容大度的国家。不耐烦的僧侣、东拼西凑的乐队更适合为她送别，而不是什么学校的级长。对他们而言，她可能只是个莫名让人心生同情的家伙。

我们发现大多数人都已经离开了。棺材和维多利亚一并被推向了熊熊燃烧的熔炉——他们称之为"焚化炉"。那里还开辟了一片观察区，供前来吊唁的人目送棺材被自动滑轮系统送进燃烧的炉心。我们有没有目睹那可怖的一幕，自我煎熬？我记得有人曾让我们过去看看。也许我没有理解他们所说的"观察区"是什么意思，但内心深处肯定已经懂了，于是摇了摇头。

我记得自己紧接着就被卷入了大堂"等候厅"的人潮之

中。在场的人四处徘徊，不知该说些什么。我既难过又欣慰地发现一名身着制服的级长正在角落里泪如雨下、心烦意乱。几年前，她曾和小维短暂地做过朋友。这段友情令小维兴奋不已，因为那个女孩颇有人缘，性格外向，长相还十分甜美。两人会一起去骑马。天真可爱的小维并不了解女生间的友谊变幻莫测的本质，以为自己已经找到了永远的挚友。可那个女孩突然为了别人而抛弃了小维，害她深受打击。我很内疚，怪自己和马尔科姆做得不好。也许我们这些幕后媒体人对国际学校的侨民子女来说不够活跃、富有？和大多数同学一样，女孩的家长也经营着自己的产业，自信坦率，十分重视社交场合和人脉关系。马尔科姆和我则喜欢读读书、谈谈新闻，过平静的生活。可怜的维多利亚。可不管环境如何，十岁左右的女孩在友情的问题上永远是变化无常的，毕竟这是一个探索自己是谁、喜欢和谁为伴的年纪。在不定期地抛弃曾经的伙伴、加入不同社交群体的过程中，她们可能会在无意间做出一些残忍的行为。

看着级长躲在角落里哭泣，我备感欣慰。我承认这种念头很可怕，我通常不是会这样去想的那种人。但我当时觉得："你们让小维受尽了折磨，现在知道这是什么感受了吧。"还好维多利亚真正的朋友在这个时候走了过来。我想要的只是和大家拥抱在一起，她们却表现得十分谨慎。后来我才得知，学校告诫她们不要和我说话。我强忍住眼泪，让自己在悲伤之外留出些许空间,想想她们的感受,想想失去维多利亚对她们来说意味着什么。还有就是记住她们的脸,因为我以前只见过她们一两次。其中那个名叫汉娜的姑娘格外令人振奋,她有着一张热情坦率的脸,在回答我的问题时落落大方、聪明机敏。拥有汉娜这种朋友,小维为什么还想不开呢?另一个长着倒三角眼的姑娘则看似高深莫测,身材瘦小、长相平平无奇的她在我们这群人的边缘徘徊时,却散发着一股悲伤的气息。她的妈妈也来了,以前我从未见过她。她留着金色的锅盖头,是那种会让我畏缩的企业家长相。她告诉我,她的女儿玛丽和维多利亚是非常亲密的朋友。我从不知道。她邀请我们几天后的某个晚上去她家做客,还神秘地对我说:"你能得到拼图中的一块,但它给不了你全部答案。"我能做的就是点头,即便我还不明白这话是什么意思。

经历完人生中第二糟糕的日子,我们的公寓成了一处避难所。马尔科姆在新加坡摄影圈里认识的伙伴纷纷来与我们做伴,确保我们不会孤独。布莱恩·范德贝克身材高大、个性洒脱,有种凡事都能一笑了之的天赋;特伦斯·谭言谈举止都温文尔雅;特立独行的郑恺勤一脸厌世、少言寡语,却充满智慧。被马尔科姆唤作"小孩"的几个年轻摄影师盘腿玩起了手机或叠叠乐,抑或是检查着自己的相机,朝着镜头里张望。他们属于孩子辈，又熟悉丧事的流程，所以也参加了守灵。尽管这群年轻人总是坐立不安、喋喋不休，但对正在服丧的我们却毕恭毕敬。新加坡的媒体圈很小，《海峡时报》的竞争对手《今日报》的总编卡尔·斯卡蒂安从一开始就一直贴心地陪在我们身边。《海峡时报》当时的旅游版编辑艾米·李也过来了。报社的图片编辑、马尔科姆的上司斯蒂芙妮·姚送来了从熟食中心买的热汤，还坐在沙发边拍起了照片。拍照是这些人的反射性行为，不是躲在镜头背后逃避悲伤的现实，而是为了让我们理解这一刻而将它记录下来。

虽然我和这些人不太熟络，但有他们陪在身边也是一种安慰。我的朋友菲奥娜是个经验丰富的全科医生，人很好，轻轻松松地就和那些陌生人聊了起来。对此我感激不尽。

但人们还是陆续离开了。我迈上阳台，天空宛若黑色的天鹅绒，星星则是遥远的星火。天气依旧干旱，月光下，没有成片的季风乌云在天空中翻滚。耳边的唯一声响就是有人在反复用脚启动摩托车，当啷、咔咔、轰隆——响声逐渐消失。我从阳台的边缘望去，看到布莱恩正帮特伦斯推着一辆熄火的摩托车。轮胎轻轻地碾过柏油马路，车轮发出微弱的吱吱声。在停车场安全灯的照射下，两个身穿皮衣的男人一左一右地走在摩托车两侧。我为他们的夜晚就这样结束了感到抱歉，不由得悲从中来。我心里的某个地方已经死去，也被推入了黑暗之中。

十

不是骨灰

两天后,我和马尔科姆坐上新加坡殡仪馆的升降梯,来到大堂旁一间不大的偏房。这个房间和三日守灵仪式的那间不在一层,和那里不同,这个屋子是有窗户的。阳光倾泻而下,一个穿着防护服的印度男子正站在桌边的一个塑料包装袋旁。看到我们,他吓了一跳。西方人很少会在殡仪馆里举办传统的中式葬礼并领取骨灰盒。

但他还是挺直肩膀,庄重地招手示意我们,朝着塑料袋旁的盒子点了点头。盒子的颜色是爱马仕包装的那种大胆的橙色,仿佛里面放着什么过于昂贵却又十分俗丽的东西。但里面其实是我们前一天花了一百六十二美元订购的大理石骨灰瓮。这是弗朗西斯帮忙挑选的。"挑个价位中等的吧,太贵的东西就是浪费钱。"他建议道。作为移民的后裔,他认为节俭是爱的表现。我们对殡葬产业一无所知,家人又身在另一个国度,对他的建议我们满怀感激。

我们选择的火化配套服务包括"骨灰收集"。身穿防护服的男子就是我们举办葬礼的火葬场工作人员——看着他熟练的动作，我们才意识到这一点。他将骨灰瓮从盒子里取出来，放在塑料袋旁，然后打开塑料袋。我注意到，袋子按照某种礼节放在一只盘子里，盘子下面还支着几条精致的银腿。这样的礼节和精致的盘腿，让我想起了茜拉印花棉布沙发上的装饰垫。我们从男子的手中接过了金属钳。收集骨灰为什么要用到金属钳啊？

伴随着一阵沙沙声，袋子被打开了，里面传来了咯咯的声响。我已经做好准备迎接呛人的扬尘，或是在阳光下轻快舞蹈的浮灰。

相反，袋子里装的却是一块块骸骨。

我们应该在火化套餐的清单里勾选"研磨"。我说过，这是我们第一次接触殡葬行业。

对马尔科姆而言，这简直是另一种酷刑。他跌坐在椅子上，把头埋了起来，火冒三丈。他的女儿被肢解了。他能接受的是细密的骨灰，而不是这种东西。他的嘴里一直念叨着"不，不，不"。

火葬场的工作人员尴尬地望着这个愤怒的男人，又看了看那个面带微笑的女人。是的，我在微笑。因为眼前的遗骸是我女儿无疑。

我把手伸进袋子，仔细检视着这份礼物。为了让我方便伸手，男子还替我把袋子撑大了一些，怯怯地露出了毕恭毕敬的微笑。我取出了一根完整的食指指骨——一天前，在为她的最后一程更衣时，我曾在这根手指上戴上过她挚爱的绿松石大戒指。正是这件廉价的纪念品，让我十七岁女儿的这根手指免受烈火的摧残。

我从手包里掏出一只黄色的金戒指，这是我在她还是个蹒跚学步的婴儿时为了祈求好运买给她的。冥冥之中有个声音告诉我，今天要把它带来。我轻轻将它套在了此时此刻仍旧紧绷的三节弯曲、纤细的骨头上。

看到我竟用自己的手在遗骸中翻找，还抚摸着骨头上的曲折与拐弯，我的丈夫气得脸色煞白。一节脊柱、一小块永远不可能生儿育女的骨盆。还有残留的趾骨，趾甲上涂着尸体般青色的趾甲油。现在我知道维多利亚一周前为何要在美容院里选择这个颜色了。

今天，她身体的每个部分都化作了纯净至极的白色，微染着她挚爱的热带日落泛出的一抹粉红。但经过高温的炙烤，眼前这些东西也有可能是某种古生物的化石遗骸，而不是一个六天前还生龙活虎的人留下的遗骨。

帮我们保管这个塑料袋的工作人员用自己手中的钳子将骨

头分门别类，一一放进了骨灰瓮，最后在旁边放了几样东西。我倒吸了一口凉气。那是她的头盖骨，其中一块是她的眉骨。没有哪个母亲不了解自己孩子前额的轮廓，她们曾把手按在那里，安慰发烧的孩子，驱逐可怕的噩梦。即便她已经长成了少女，我还是会趁她熟睡时溜进她的房间，亲吻着她的眉头低声说："妈妈爱你。"

我抚摩着骨头的曲线，仿佛在抚摩着一个母亲的心——我的心。马尔科姆靠在我的身上站了起来。火葬场的工作人员将骨灰瓮放进橙色的盒子，盖上了配套的纸板盖。他将这个沉甸甸的东西递到我们手上说："你们的女儿。"

十一

瓮中之物

我们从殡仪馆回到了自己的公寓。马尔科姆一路都把装有骨灰瓮的橙色盒子夹在自己的胳膊下面。感谢上帝，他的姐妹宝拉和夏琳还在家里，她们的存在让人清醒地想起了小维。两个姑姑和她们的侄女有着相似的眉毛，还有同样的蓝灰色双眼、白里透红的柔软皮肤和优雅纤长的双手。夏琳是兄弟姐妹三人中的大姐，有着与生俱来的权威感。她从马尔科姆手中接过盒子，取出骨灰瓮，没有多想就将它举着放在客厅中高大的淡黄色中式橱柜顶端。她停下来打量着骨灰瓮的位置，点了点头，时髦的棕色发丝跟着晃动起来。她转过头，等待我们的最终认可。这只柜子能够散发出防蛀防发霉的樟脑味，是我们用来储存家庭日用纺织品的地方。小维铺床用的棉布床单和被罩也在里面的架子上，叠得整整齐齐，似乎证明整理它们的人——维多利亚——头脑很有条理。她执着于对齐边角和边缘，我却很容易对家务事感到厌倦，总是把床单乱塞一气。"老妈。"她会这样抱怨。

橱柜上装饰着模糊的红蓝双色蝴蝶，图案既优雅又飘逸——这是颇具"小维"风格的装饰。我承认，和其他地方相比，这只矮脚衣橱更适合摆放她的骨灰，上面最显眼的地方是一台满屏雪花的电视机。

于是骨灰瓮就摆在了蝴蝶图案的纺织品橱柜顶上。我点了点头，马尔科姆和宝拉也点了点头。但我还是觉得，自己认识的维多利亚其实根本就不在那个瓮里，她满身的活力不可能被浓缩成那么一点东西。所以眼下这个骨灰瓮摆在什么地方，对我来说不太重要。看着宝拉、夏琳和马尔科姆走来走去，聊着各自的生活，和这些与维多利亚血脉相通的亲人相伴，我的精神振奋了不少，我想要伸手抓住那种感觉。

猫咪安吉丽娜和小手套从藏身的地方钻了出来，蜷缩在我们腿边，喵喵直叫。我以为它们想要吃饭或得到关注。养猫这么多年，我从未真正用心地注视和聆听过它们，也从未了解过它们是如何交流的。

第二天早上，我起床打开卧室房门时，它们已经耐心地坐在那里等待了。两只小猫抬头看了看我，又看了看正好挡在我路上的某个东西。我弯下了腰。

那是一根骨头。

骨头的长度和指骨差不多,残破不堪,还是空心的,肯定是其中哪只猫——也许是猎手般的黑色小豹猫安吉丽娜——在外面什么地方找到的,然后偷偷地叼进来,埋在了盆栽的土里。

现在它们又把它挖了出来,很想让我看看,让我明白,它们什么都知道。

知道骨灰瓮里是什么。

知道骨灰瓮里是谁。

马尔科姆和我去了小维的朋友玛丽家,她的妈妈曾在葬礼上邀请我们去做客,还神秘兮兮地提到了"拼图中的一块"。

对我们来说,这块拼图正是这位朋友想让我们前去做客的原因。据我们所知,玛丽只是维多利亚的几个朋友之一。两人偶尔会在外面过夜,通常是睡在玛丽家。小维也仅仅零星地提起过玛丽几次,因此她似乎算不上是什么特别的朋友。我们坐上出租车,前往某高档小区,来到了玛丽与母亲、继父一起生活的多层住宅。当时天已经黑了,由于看不清房子编号,我们迷路了。这种地方是为直接开车从地下停车场回家的人设计的,对那些乘出租车来的访客而言,在街面上寻找入口简直令人晕头转向。这里的房子都坐落在高高的篱笆和茂密的灌木丛背后，距离十分紧密。马尔科姆迈开大步走在前面，经过几栋带有门牌号的房子，走向他认为是玛丽家所在的地方。我紧随其后，看到他停下了脚步，凝视着某户人家的客厅窗户。他转过身，示意我不要出声，让我走到他的身边。

我们看到了玛丽瘦小的身影。她的母亲与她并肩坐在沙发上，身板挺得笔直，神色既紧张又焦虑，金中泛白的短发梳得一丝不苟。但玛丽还是用手温柔地捋着母亲的发丝，一遍又一遍。她的母亲依旧浑身紧绷地笔直坐着，任她用最轻柔的动作将自己的头发往后梳去。就这样，玛丽反反复复地捋着母亲的头发，安抚着她。这是个令人动容的亲密瞬间，却让旁观者感觉非常不安。难道不是应该反过来才对吗？

我和马尔科姆退回去，挑了挑眉毛，面面相觑。过了好几分钟，我俩才假装自己刚刚到达，跺着脚走上楼梯，用力地敲响前门。

开门的是那位母亲，她看上去十分镇静。她挥手示意我们进门，却并没有邀请我们坐下。我们等待着，寻求她的暗示。她会不会对维多利亚的死表示哀悼，然后开门见山地揭示是什么因素导致我们的女儿轻生？相反，接下来是令人眼花缭乱的房屋和院落参观，仿佛参观过程本身就在讲述什么重要的故事，但我和马尔科姆完全是一头雾水。

这座联排房屋共有四层。一层住了一名菲佣，但她并没有露面。那位母亲只是指了指菲佣卧室紧闭的房门，房间里传出了一句抑扬顿挫的"你好"。我想和菲佣聊聊天，要是维多利亚在场，肯定也会希望我们能和门后面的那个声音聊一聊。她会希望房门能够打开，希望有人能来抱抱我们，安慰我们人终有一死。小维不喜欢那种令人尴尬的侨民与女佣的对立关系，也不愿意把帮佣当作仆人来对待。小维肯定会想去了解她，知晓她的名字，询问她在菲律宾老家有没有子女。事后我疑惑地想，是不是有人吩咐那个菲佣不要出来？难道小维真的和她有什么联系？难道两人分享过什么秘密？不过，在徘徊不定之中，我们已经匆匆地迈上铺着地毯的楼梯，走向客厅和厨房，途中还瞥到了一堆要洗的衣服。回到敞开式的客厅兼厨房，我们尴尬地站在闪亮的白色中央岛台长凳旁。玛丽告诉我们，她和小维会在这里制作零食。"小维教会了我制作墨西哥玉米片。"玛丽主动表示。"她们在这里做过很多事情，会自己做饭吃。"她的妈妈也若有所思、心不在焉地附和道。没错，小维会喜欢这种地方，时髦阔气，还有许多白色的东西。

  紧接着，我们被带到了卧室和套房所在的楼层——这里是母亲和继父的领域，继父当时并不在家。顺着狭窄的楼梯，我们又来到了玛丽的顶层卧室。这里面积不大，但设施齐全，拥有独立的浴室和木质平台。母女俩告诉我们，维多利亚来家里留宿时就睡在地板的床垫上，两人会促膝长谈。小维尤其喜欢这座木质平台，入夜后就和玛丽躺在上面仰望星空，一躺就是好几个小时，喋喋不休地聊个没完。"小维知道很多有关星星的事情，还教过我它们的名字。"玛丽说。我和马尔科姆抬起了头。居高临下俯瞰这片新加坡富人区，我们眼前是一座座在自家的土地上建造的房屋，每一座都不超过四层楼高。这里看不到公屋大厦，就连远处的地平线上也望不见它们的踪影。但在新加坡这座面积只有纽约三分之二大的岛屿上，却有八成的人口都居住在公屋大厦里。维多利亚就是在距离这里只有两千米的一座公屋大厦里被孕育出来的。我们在那里住过一段时间，距离玛丽的这片小宇宙可能有一百英里远。

我们回到了楼下的客厅。玛丽告诉我，她和小维会在这里玩耍、看电视，她们最喜欢看《冰雪奇缘》。看房之旅就此尴尬地停在了这里。玛丽和母亲在沙发旁徘徊。我找了个沙发坐下来，心想这也许就是小维坐过的地方。我询问玛丽是否还有更多的回忆可以分享。玛丽想了想，面露微笑，眉飞色舞地讲起了小维有多喜欢游泳，自己下水时却很紧张。小维还教过她，要是在海滩上陷入离岸流该怎么办——不要与水流对抗，要随波逐流，直到漂至水流的边缘，再挣脱它的束缚。这救了玛丽一命，因为她和继父在普吉岛游泳时真的陷入了离岸流。玛丽想起了小维说过的话，这才游了出去。她还补充称继父

"帮不上任何忙"。我们不知该如何理解这样的评价，于是同情地点了点头，仿佛继父帮不上忙是什么普世的真理。

接着，玛丽彻底扭转了话题，说我们必须去看看她和维多利亚常去的地方——健身房，就在地下车库里。我们当然要一起去看看了。

健身房的面积不大，四周都是镜子，里面摆放着一堆举重器械和几台跑步机。我们对小维怎么会喜欢这种地方十分不解，因为她更喜欢室外运动，比如骑自行车、散步和打网球。此外，地下室里黑漆漆的，不同寻常的选址令人浑身起鸡皮疙瘩。在这里埋头健身难道不会让人感觉阴森可怖吗？玛丽说她们不是来这里锻炼的。在这里，她们可以独处，想多吵闹就多吵闹，还能扯着嗓门唱歌。在这里，她们可以聊上几个小时，也不会有人来打扰。在这里，她们才能感觉自己还活着。"她们经常到这里来。"她的母亲附和道，让人觉得她对两个女孩不会去烦她而感到高兴。

想到女儿竟会窝在这种压抑、偏僻的地下车库里给自己的朋友加油打气，我就感到悲哀——为两个女孩感到悲哀。她们都是十几岁的少女，有着自己的生活、乐趣，可以出去玩耍、交际，而不是被困在一间看起来更像是阴冷牢房的煤渣砖房里，思考着这个世界和内心的困惑。

四周的墙壁仿佛越靠越近,我觉得自己就快窒息了。绝望透过砖墙渗透进来。马尔科姆也有同感。他开口告诉她们,我们得走了。玛丽哭丧着脸。我渴望给她一个安慰的拥抱,却也想一把推开她,放声尖叫:"为什么活着的那个人是你?"我深吸了一口气,试图理解这个安静谦逊、闪烁其词的女孩正为失去自己的朋友——我们的女儿——而伤心。小维会希望我去安慰她的。在某种心态或直觉的驱使下,我出发前从小维的梳妆台上拿了一块水晶。我把它当作纪念品,送给了她。玛丽终于望向了我,眼神中饱含着惊讶与感激。她把水晶放在手里摩挲,谢过我后,转头将它紧紧地攥在了手心。

我们穿过一辆辆汽车,沿着水泥斜坡爬上马路,心里丝毫没有得到安慰。悲痛欲绝中,我们完全不明白玛丽妈妈在葬礼上对我说的"拼图中的一片"是什么意思。

几周之后,我们从警察那里得知,玛丽本可以挽救小维。小维曾在跳楼的前一天,也就是星期日的清晨,试图从窗台上一跃而下。但出于某种原因,她打了退堂鼓,还给玛丽发短信说自己差点儿就跳下去了。玛丽显然回复了她,称她们星期一可以一起去见学校的辅导员,还说了些有关制作杯子蛋糕的事。对此,玛丽谁也不曾提起。

我们本有整整二十四个小时可以挽救小维。

我不知道维多利亚为什么要向玛丽求救，而不是其他更自信、外向的朋友。那些人肯定会为她的信息而深感不安，从而把心中的恐惧告诉某个成年人。玛丽有没有把这件事情告诉她的母亲？我试着联系那位母亲，却没有得到她的回复。

十二

无眠

我回想起上个星期日，这个家还没有支离破碎的最后一天。知道维多利亚那时已经尝试过结束自己的生命，所有的回忆仿佛都遭到了玷污。那天早上，我给她泡了一杯咖啡。她喋喋不休地说着话，看上去十分快活。谁知在几个小时前，她就站在公寓楼的高处，想要结束自己的生命。难道她那天溜回家后只是在装样子，心里早已下定决心，第二天一早就要最终赴死？还是她一整天都在犹豫，寻找着还要继续活下去的信号？我觉得是前者吧。她已经为自己的死亡设定了最后期限，无法再多上一天学。整个星期日就是最后的告别。我重温着所能记起的每一段回忆，苦苦思索着自己是否在某一刻说过什么可以令她回心转意的话。

临死前的最后一个星期日，小维去商场为玛丽买了礼物，回家后还将它们一一包好，放在了书桌上显眼的位置。她交代我的最后几件事之一就是一定要确保玛丽拿到那些礼物，还有旁边那个密封信封里的卡片。她说礼物是为玛丽一个星期后的生日准备的。现在回想起来，这真是一件怪事。但我当时满脑子都在琢磨着第二天就要开学的事，肚子还很饿。小维从商场里给我带了一份咖椰酱华夫饼，她知道我喜欢这种东西。甜甜的椰子果酱被挤在一块柔软的华夫饼三明治中，摸上去还是温热的。小维太了解她的妈妈了。"老妈，吃完这个还要再来一块烤奶酪芝士三明治吗？"她问。她很会烤面包：在外皮上抹上黄油，再放到吱吱作响的烤盘上。"你不来一块吗，小维？"我问。"不吃了，我在商场里吃过了。"她回答。我吃了一惊。"所以这是专门为我做的？""是啊。"她回答。她太了解自己的妈妈了。

如今，这里只剩下我和马尔科姆面面相觑。我俩没日没夜地坐在沙发上掉眼泪，要不就在公寓里走来走去。一开始，我们还会吃些安眠药和镇静剂，但这些药会让人感觉迷迷糊糊、失去条理。我们想要感受失去小维的撕心裂肺，因为至少这种感觉还能与她有关。但结果就是谁也睡不着觉。我最接近睡眠的体验就是昏厥，暂时失去知觉后又立刻醒来，感觉焦虑不安，完全没有得到休息。我还总是会被"她已经死了"的念头

/67

唤醒，丝毫不曾梦见她还活着的时候。我似乎根本就没有做过一个梦。

　　小维去世两周后，她的学校举办了一场追悼会。小维的合唱团负责老师发表了演讲，称她是个"高挑的女孩，演唱的是第二女高音"。她还说："她为合唱团付出了百分之百的努力。在过去几年间，我不记得她曾错过一场彩排，或是有哪次迟迟才到。"还有一些追忆她美貌的悼词："她拥有一双迷人的眼睛。事实上，她在每张集体合影中永远都是那么上镜。就算她想拍，也拍不出一张难看的自拍。她还拥有天使般的嗓音。这个世界有了她才变得更加美好。"

　　维多利亚在合唱团里的朋友鼓起勇气演唱了音乐剧《魔法坏女巫》中的曲目《永远》。这是她很喜欢的一首歌，歌词内容有几句十分深刻，说的是每个人进入我们的生活都是有原因的，我们必须去了解其中的缘由。

十三

灰烬

我们需要继续前进，准确地说，我们不能再徘徊不前了。我和马尔科姆已经无法忍受继续窝在公寓里，也无法忍受留在新加坡，于是请了邻居朱萱和C.谭太太帮忙照看家里的猫咪，打算回新西兰待上两周。我们是飞回去的——飞奔着赶上一架飞机、仓皇逃跑。我需要安全、慰藉、老友，我们要踏上前往南岛卡卡努伊度假小屋的路。

第一次，我们不是三个人一起坐在经济舱里，但到头来还是坐在了一排三人位上，第三个座位是空的。我选了靠窗的位子——维多利亚每次都要坐的地方。她会晕机，所以飞行对她来说就是一场磨难。要是她能望到窗外的地平线，感觉会稍微舒服一些。对于我这种医学知识仅限于应对咳嗽和感冒的母亲来说，维多利亚的晕机问题简直令人心痛，因为我感觉如此无助。大约从四岁时起，维多利亚就开始在飞机上不断地呕吐。

我们试过让她在飞机上避免进食，也试过让她吃药。我还带她去看过心理医生，试图治好让每次旅途都如同一场浩劫的晕机，却没有任何收效。渐渐地，小维学会了应对。到了十六岁时，尽管还是会感觉恶心，她已经能偶尔一次都不吐地熬过长途飞行了。她会把毯子蒙在头上，嚼着薄荷糖，听着音乐，或是借着手电光看书，不时闻闻抹在手腕上的急救花精或薄荷、薰衣草香精。我也总是会在随身行李中为她备上塑料袋、纸巾和更换的衣物，还会避免进食或喝水，免得让她感觉更糟。此时此刻，我和老马之间空着的那个座位通常是我的位子。老马坐在靠走道的位子，以自己的方式焦虑地大口咽着威士忌，好像过了今天就没有明天似的。

坐在她的位子上凝视窗外，我想起了十二天前，自己在她生命中的最后一个星期日走进她的卧室。我慌慌张张地做着家务，正为新学期开学要给小维做好准备而发愁。小维却反常地陷入了沉思，在我忙着收拾她的卧室时，她躺在床上，抱着一本《哈利·波特》的书，说起了自己人生这些年来经历过的事情。某一刻她开口问我："妈妈，你知道我为什么会晕机吗？不是你想的那么回事。是因为焦虑，是食物和咖啡的味道让我觉得恶心、只想呕吐。在闻到那股味道之前，我是不晕的。"

我还记得自己当时非常惊讶，她竟然会在这个节骨眼上告诉我这种事情。我问她那股特殊的味道怎么了。我想她的回答是,它会让她透不过气、不知所措,想逃也逃不掉。

回想起来,我当时为什么不多问问她呢?比如:"你为什么要现在告诉我?你到底想说什么?"

难道我看不出她解读自己人生的举动有什么不对劲吗?我可以。但是处于"母亲"模式中——或者至少是我以为社会期待我进入的那种母亲模式中——我永远是在展望未来,思考小维有没有做完作业,提醒自己把衣服从烘干机里拿出来叠好,还要思考晚饭吃什么。她说话时,要是我能花点时间置身事外地好好看看她就好了。现在我想起来了,她抱着书躺在床上时,一直是弓着腰的,十分安静,而且动作迟缓,心不在焉。事后看来,她那时就已经飞离我们身边了。我却没有发现。

守着被我认为属于"她的"窗口,我还在向外眺望。一位客舱乘务员问我晚餐想要吃些什么。自从有了维多利亚,十几年来,我第一次在飞机上点了些食物和红酒。我身体的某个部位想要停止呼吸,某个部位却又感觉饥肠辘辘。

马尔科姆已经照例戴上降噪耳机,握着一杯纯威士忌酒——要是他有力气争辩,肯定会说这叫单一麦芽威士忌——看起了电影。我不嫉妒他那简单的快乐,我知道他也想念第三个座位上的那个人。我试着阅读一份八卦杂志,却怎么也无法集中精力。通常情况下,我都会把注意力放在维多利亚的身

/ 71

上，想知道她感觉如何，还会为她挡掉客舱乘务员礼貌的询问。但此时此刻，我没有任何事情可做，除了为她感到心痛。我开始使用飞机上的娱乐系统，喜剧、戏剧或惊悚片都无法勾起我的兴趣。我不喜欢虚构的人生，虚构的死亡也一样。我调出一部纪录片，希望自己还能看得下去真实的剧情。这部纪录片讲述了新西兰总理、后来的联合国高管海伦·克拉克的人生。我发现自己以一种从未有过的方式紧盯着屏幕，百感交集，心绪激荡。克拉克早年在农场里的生活深深地打动了我，我突然想起了小时候去亲戚家农场参观的经历。那年我七岁，轻抚小牛的感觉在此刻异常清晰。我触摸着它柔软的浅黄色皮毛，它小巧的黑色鼻子是如此湿润，拉出的粪便散发出阵阵恶臭。

最后一段画面讲述了执政近九年的克拉克所在的工党在大选中失利，她站上讲台发表了败选演说。我被彻底击垮了，仿佛紧紧地抓着讲台的人不是克拉克，而是我。我认输了。我尽力了，尽力做一名优秀的家长，为维多利亚做好榜样，并努力地维护着家庭的团结。但这远远不够。海伦站在台上，看上去那么勇敢，却又脆弱而受伤，强颜欢笑的样子就像是在咆哮。受到这位中年女政治家败北的启发，我像普鲁斯特一样追忆起似水的年华，勾起一幕幕往事的却不是玛德琳蛋糕的甜美，而是某种气味。纪录片的画面切到了获胜的保守派国家党人身上。那群男子扬扬得意地举起双臂时,我仿佛闻到了被汗水浸透的衬衫散发出的难闻臭气——一股酸臭的味道。我对自己说,控制情绪,不要把失落灌注在一部用来转移注意力的娱乐片上。这不过是政治,与我的维多利亚已经死了的残酷现实及其后果没有任何关系。至于海伦·克拉克,我从未见过她。偶尔在电视中瞥到她的身影时,她看上去好像永远是一副女强人的模样,发型干练,眼神率直,像个德高望重的女性大家长。天知道我为何突然会把"脆弱""受伤"之类的词语安在她的身上。要不是我已经哭得不得不关掉娱乐屏幕,这还挺可笑的。再见了,亲爱的海伦,不管你是谁。再见了,维多利亚,很抱歉,妈妈帮不上忙。

"天呢,这个片子肯定很精彩吧。"一个路过的客舱乘务员低声感叹道。我钻进厕所,洗掉脸上的泪水,出来时客舱乘务员正在忙着准备晚餐。长方形盒饭上的锡箔纸被剥开时,散发出一股死了的东西才有的腐烂味道。

我们降落在南岛的克赖斯特彻奇,还要三个半小时的车程才能到达奥马鲁和卡卡努伊。马尔科姆开了将近两个小时的车之后,我们来到偏僻的小镇阿什伯顿,却并没有在咖啡馆前停车。我们一家三口过去常常会在这里驻足闲逛一番,买些咖啡和蛋糕。光是看到咖啡馆的标识出现在超市停车场旁,就已经让人痛彻心扉。那不过是间平平无奇的咖啡馆，但看到它就表明，阖家出行时的惯例对我们来说再也不适用了。我们过去老爱嘲笑阿什伯顿，给它起了个绰号叫"垃圾伯顿"。但当地房屋破败的房门和农妇身上昂贵的定制服装形成了鲜明对比，让我们大为吃惊。这是因为中国人对乳制品的需求巨大，导致农场的利润激增。小维还曾在学校布置的一则短篇故事作业中写到过这里："孩子们和那些百无聊赖、浅金色头发的二十三岁母亲……在这种社会名望秩序的建立是如此明目张胆的地方，他们竟然不会站成一长排、遭到射杀，真是让人百思不得其解。富人都能得到饶恕，个别中产阶级'寄生虫'无法幸免于难，大多数穷人却要面临死亡。"

再往前开就是沿海城市提马鲁，又一座骑在牛背上发家致富的城镇。我们喜欢嘲笑它自以为是地想要立志成为旅游目的地，成为南方的海滨度假胜地。车来车往，看起来有些阴森的国道从城中穿过。我们曾开车经过一座号称坐拥卡罗琳湾海景的汽车旅馆，却很少看到露台上有人。维多利亚写道："除了奶牛场，这里和五十英里外的另一座镇子间什么也没有。"的确，在驶过提马鲁，奔向下一座小镇怀马蒂的途中，一号国道两旁的小牧场上随处可见在草地上反刍的牛。草地的颜色在二十四小时的洒水灌溉下绿得吓人。怀马蒂之后，这条乳品产业链上的下一站就是奥马鲁。这两座小镇之间存在着恶性竞争,一些奥马鲁人会轻蔑地称呼来自怀马蒂的人为"怀毛子"。

车子驶过从事冷冻肉业的普克尤里时,车里弥漫着刚刚剥过皮的肉散发出的阵阵恶臭。这里就是迎接那些反刍牛儿的地狱。尽管令人不快,但不可否认,这里是个熟悉的地方,标志着我们终于踏上了通往奥马鲁的回家之路。穿过奥马鲁树木林立的宽敞主街,我们沿着海滨小路驶向卡卡努伊,途中经过在悬崖上撞得粉碎的海浪、崎岖不平的成片石滩和以海草为肥料、含盐量很高的土豆田,还路过一个诚信经营的新鲜番茄货摊,跨越了一座古老的单行道木桥。车子猛冲过一条写着"禁止进入"的石头小径,驶上了通往我家小木屋泥泞的车道。小木屋紧临的山上遍布着蔓生的荆豆和无人修剪的果树。

回到家,一股熟悉的兴奋之情短暂地涌上了我们的心头。朋友们已经打开了水电,还清理了檐板保护层上的蜘蛛网。我们冲进门,感受着维多利亚在阳光下翩翩起舞,聆听着穿过丛生的杂草、夹杂着她的欢笑声的风声。她就在这里。

可她很快就消失不见了。沙发、窗台和厨房的长凳上布满了尘埃,从缅甸带回来的红黑漆器看起来已经褪色,印有东南亚祈福纹样的镀银南瓜碗突然失去了光泽。我家的房子似乎小了不少,卧室就像一只只盒子,就连维多利亚的卧室也一样。马尔科姆已经安排几个朋友挪走了小维卧室里的床,看到那张床会让我们再度心碎。床是我买给她的,她从五岁起就睡在上面。梦幻的迪士尼风格床架看上去很像电影《飞天万能床》里的道具，有着白色和金色的弯曲床梁。那时我们还曾一起想象着这张床会在屋子里升起：小维紧紧地抓住床垫，飞过地面，朝着星星翱翔。

我朝她的卧室里望了望。虽然知道床铺已经不在了，但看着空空如也的房间，那种感觉可能比床铺没被挪走还要糟糕。在这里，我发现了某样以前不曾注意过、一直被床铺盖着的东西——小维在这里度圣诞假期时，洒在地毯上的紫色指甲油。她试过将它擦掉，但一部分指甲油还是结了块，留下了明显的擦拭痕迹。我会永远珍藏着这块印记。

后来，我把洗好的衣服抱去外面的车库，准备找根绳子晾晒，发现草坪的边缘丢着一堆烟头——有人曾在这里一根接一根地大口抽着烟，其中几支烟只烧了不到一半，还不算是烟头。它们都是最近抽剩的，不是马尔科姆往年圣诞节留下的。这堆烟灰和卷烟纸散发出一种绝望且痛苦的气息，令我感到反胃。上个星期一直都在下雨。我意识到，这些烟应该是邻居马特抽的——留着脏辫、心地善良的马特，还有被他请来搬床的朋友。他们肯定是在车库里躲雨时抽烟来着，我猜他们也很沮丧，所以才会颤抖着点支烟，寻求安慰。然而安慰的感觉并没有降临。于是他们丢掉手里的烟，一支接一支，任凭卷烟纸和烟草在草丛中忽闪地熄灭了。

那晚，草丛与树叶的窸窣声仿佛是在嘲笑第三个人缺席所带来的安静。我让马尔科姆去打开我平日里绝对不会听的对讲电台。马尔科姆吓了一跳。他为这趟未知的旅途安排了别的配乐：鲜为人知的20世纪70年代摇滚乐队，或是技艺精湛、令人心碎的协奏曲；激昂的乡村音乐；格拉姆·帕森斯和爱美萝·哈里斯；荒唐的英式幽默；彼得·库克和达德利·摩尔。但马尔科姆还是依我的要求打开了电台，调到几个人正愤怒地讨论着那些只领救济金却不努力找工作的人，以及我们何时会因为一颗彗星而灭绝。他将音量调到背景音的那种低语——我们住在这里的这段时间，我要求始终这样开着收音机。伴着主持人发牢骚般几乎听不清楚的鼻音，我在沙发上一坐就是几个小时，日日夜夜，哭哭啼啼。

我已经记不太清楚了。

客人接踵而至。老朋友芭芭拉和约翰下车拥抱了我们，就在几个月前的元旦，他们曾带着马尔科姆、维多利亚和我参加了提马鲁的游艺集市。今时今日，四人面面相觑，发自内心地感到难以置信。芭芭拉随我进屋，紧挨着我坐在了铁锈色的沙发上——这张沙发是小维小时候我们从新加坡带来的。透过滑动门窗，我们望着卡卡努伊山脉被积雪覆盖的山顶和山后的腹地。自信且务实的芭芭拉出生于山区农家，从小接受着私立教育长大，通常不是个会哑口无言的人。多年来，作为一名社工，她辅导过无数个伤心欲绝的人。2011年，克赖斯特彻奇大地震发生时，她正和一名来自东非、坐着轮椅的难民客户身处一座几层楼高的建筑中。建筑停止摇晃之后，芭芭拉设法凭借一己之力，把那个惊慌失措的男人通过紧急逃生楼梯带到了安全的地方。虽然亲爱的芭芭拉也深深地怀念着维多利亚，但她还是试图找些宽慰的话语，努力地让我打起精神。她和约翰没有孩子，总是把小维的生日记在心里。维多利亚会希望我幸福快乐的，芭芭拉告诉我——她是出于好意。我很欣慰她能这么说，却无法想象自己还能过上幸福的日子。可我不想让人觉得我忘恩负义。她的到来就是真正的友谊与人品的体现。我试着在泪水中微笑，却不知道该说什么、做什么，于是诉诸仪式般的慰藉，给她泡了杯茶。伯爵红茶，代表一种礼遇——这种茶也是维多利亚的最爱。

　　约翰和马尔科姆留在了室外。约翰这人话不多，更喜欢穿着旧衬衫和工作靴在家照料菜园。他和马尔科姆去了棚屋，取来一把斧头和某种被称为除根机的园林工具。这天剩下的时间里，两人都在劈砍铁线莲——一种紧紧地缠绕在油桃树上的藤蔓植物。从某个角度来说，这项任务毫无意义，因为那棵树从我们多年前买下这座房子以来就一直没有结过果。过了好久，我特意问起约翰，他们为什么要那样做。他想了想。"这就是男人们通常会做的事情啊。"他粗声粗气却很和善地答道。我猜他的意思是说,男人在遇到难以应对的情感时会将情绪发泄在体力劳动上,最好是与土地有关。约翰还特别补充了一句:"男人们可以站在那里盯着一块地看上好长时间。"我从这幅"男人们胜券在握、驯服大自然"的画面中得到了极大的安慰。

那天晚上,我给身在新西兰北部城市奥克兰的父母打了一通电话。一开始,妈妈在表达自己的震惊与悲伤时还对我表示了安慰——这和我想象中的一样。当一切都在走下坡路时,你还可以向你的好妈妈求助。于是我主动提议让她和爸爸飞来小住几天。但过了一会儿我才意识到,她满嘴说的都是我哥的事情:他美满的家庭生活有多忙碌。我得到的安慰一下子就烟消云散了。紧接着,她又说起了自己酸痛的膝盖和疼痛的后背,以及看病有多昂贵。我将话题转回让她南下的事情上来,她却似乎不大感兴趣,觉得太贵。我补充说,我可以出钱租辆汽车。"我和你爸爸商量一下。"她一边回答,一边用手捂住话筒,但捂得并不严实,因此我听到了反复的叹息声与咕哝声。最后是爸爸接过了电话。"嗯,是这样的,琳达,这不是个好主意。"他毫不客气地表示。我知道他不喜欢坐飞机,所以赶紧说了些我真的很想要他们南下之类的话。"这不是个好主意。"他重复道,短暂停顿后又补充了一句,"是你妈妈的问题。"我俩都沉默了。"明白了。"我回答,心里其实并不明白。我不得不假设他是出于好意。我觉得他是在向我透露,要是妈妈过来小住,可能会把情绪全都发泄在我身上,大闹一场。

我想起了我们两年前最后一次相聚时那段尴尬的对话。她长篇大论地指责负责他们退休住房的经理有多粗心,或是邻居对她给予的帮助有多忘恩负义。这些话让我感觉她其实是在指责我的失职,是在说我忽视了她。我希望她能把话说出来,这样我才能解释自己是真的非常抱歉,但生活在另一个国家,又带着一个孩子,一切都困难重重。

爸爸会看着她的眼神摇摇头,让她突然陷入沉默。在此间隙之中,他从不会和我进行眼神交流,以免让我觉得自己也得参与对话。每到这时,妈妈就会咬咬嘴唇,聊些别的话题:石油的价格、她朋友贝蒂的那几个事业有成的女儿都在做些什么、她认识的哪个人去世了,以及各种安全的话题。在她喋喋不休时,爸爸会一直注视着她,赞许地点点头。要是她大胆地跳转到自己想说的话题——比如她认为我爱钱如命(当时我在财经新闻平台上班,但她似乎并不在意),她需要财务帮助,我哥哥有多周到,我的两个侄子在滑板、橄榄球和艺术方面获得的奖项——他就会轻轻地摇摇头。她无须多言,但言下之意就是我对她的忽视、马尔科姆的恣意挥霍和维多利亚的"自命不凡"与哥哥一家相比高下立判,形成了鲜明的对比,如同自制水果面包上抹着的厚厚黄油。这也许是很多移居海外的新西兰人回乡后经常听到的评价：他们似乎过着截然不同的优越生活，家乡的人才是在脚踏实地地过日子。

爸爸道别的声音颤抖了，我知道，他是为了保护妈妈才强忍着内心的哀恸。他深深地爱着她，我能接受他无法尽情地表达心中的想法。即便他开口，我也不知道该说些什么。更深的潜在原因是，他自己也有过这样的亲身经历。在我大约五岁那年，他的父亲——我的祖父得了癌症，走进海里结束了自己的生命。他是在一处防波堤下找到他父亲的尸体的。经历此等悲剧是什么感觉？而你还要试着生活下去、继续养家糊口，心头的画面却永远挥散不去。

一天晚上，我和马尔科姆来到卡卡努伊河河口的船库，为维多利亚点了一簇篝火。多年来，生火一直都是马尔科姆与维多利亚的庆祝仪式。每逢节日，父女俩就会下水，将漂流木拽到河口岸边的石滩上放火点燃。有时马尔科姆还会带上一只长柄平底煎锅，在火上烤香肠，或是和女儿一起用扦子烤棉花糖。小维会抱去一只篮子，里面装着零度可乐和塑料杯，甚至还有餐巾纸——她喜欢一切形式的野餐。黄昏时分，马尔科姆和小维生起火，还会找来几块石头，在平静的水面上打水漂玩儿。对他们而言，让石头打着水漂在平静的水面上舞蹈，仿佛是一种艺术形式，能让父女俩玩上好几个小时。

马尔科姆和当地几个宗族的朋友围坐在篝火旁。这群人的祖先可以追溯到古凯尔特人时代，还有一些人的祖先是乘坐独木舟横渡太平洋的移民。大家纷纷拥抱了我，我却无法回敬他们一个拥抱。篝火令我沮丧，会让我联想起火葬，从而产生一些难以忍受的念头。

这也让我想起了我们全都活着时最后一次在这里点起篝火的情景，那是近四个月前的新年前夜。我记得自己心里有种不祥的预感，尽管不知道是为什么，却感觉十分压抑。也许我一直在想，这将是小维在学校里的最后一个学年，或是我们在她入读大学前团聚的最后一年。那个新年前夜，我一直无法面对河口的点火仪式。小维和马尔科姆恳求我随他们去船库，我却因为情绪过于低落拒绝了，还骗他们说自己累了。父女俩兴高采烈地离开了。午夜时分，我坐在卧室的窗前，凝视着通往腹地的漆黑山谷。只有主路和通往卡卡努伊的岔路交会处亮着一盏路灯，照着一片黑暗的室外。就在这时，船库边、附近海滩的沙丘和高地的草丘上传来了几个孤独狂欢者的叫喊与欢呼，风夹杂着他们的声音吹到我的耳边。就好像自从有人类聚集在火堆旁边——不管是毛利人、白种海豹猎人、捕鲸者，还是刚从临时住所冒险搬来这里的新移民——这样的声音就一直在四处传播。夜空中迸发的烟火宛若最近的枪声带来的回响。对未来一年的恐惧在我的心中愈演愈烈。我凝视窗外,泪水滚落脸颊,手机上却不断地亮起"新年快乐"的短信。

此时此刻,在为纪念维多利亚而生起的篝火旁,朋友和邻居们纷纷走上前,有人露出了鼓励的眼神,有人举起了装着葡萄酒或精酿啤酒的酒杯,以示致敬——向什么致敬?勇气?友谊?一个人对另一个人的感谢?还有人开口询问我近况如何。我尽量摆出他们希望看到的坚强模样,人们所能承受的痛苦与焦虑只有这么多。他们需要给予,也需要付出。他们想从我这里得到的是希望,是我能够继续生活、一切都会好起来的希望。我必须发自内心地做出这样的回应,却也只能平静这么久,于是我离开了人群。长发飘飘的邻居朗达是个爱狗人士,她还养了几只在树林里做窝的走地母鸡,平日里喜欢救助各种流浪动物。她过了很久才告诉我,自己当时看出我想独处,不然就来陪我了。我记得我在附近的海岬走了很长的一段路,去了某处悬崖下的蓝企鹅窝。海豹有时也会拖着笨重的身子从海里游出来,去那里休息。这座海岬由古老的火山岩组成,它们曾是某座古老内陆火山中喷发的熔岩,一路流到这里,与冰冷的海水冲撞出嘶嘶吼声。如今,火山岩的缝隙中紧贴着鲍鱼和宛若不羁巨人发辫般的厚厚海草。我眺望着连绵不绝、一直延伸至南美洲的大海,不知我的维多利亚身在何处。她只是冰冷的灰烬和尸骨,还是仿佛自由的精灵正在熊熊燃烧?船坞的篝火迸出的火星打着转飘过,余烬与烟灰的红点旋转着越过海浪,飞向地平线。那一刻我断定,她已经化作一个灵魂,一个自由的灵魂。我将以某种形式让她和她所有的活力、正能量保持生机。

我回到篝火旁。一个与我仅有几面之缘的大姐往我手里塞了一样东西,那是一个用亚麻编织的小袋子,里面装着一块绿色的石头,毛利人把玉器视为护身符。"给你的。"她说。我将这份礼物紧紧地攥在手心,望向她的眼睛。我看得出她明白,她并不期待任何回报。很久之后我才得知,她的儿子刚刚被判犯有谋杀罪,心痛不已的她准备搬去别的地方。

在篝火旁,她只告诉我,她准备搬去另一个国家居住。

未来和过去一样,都是另一个国家。

损失

第二部分

另一个国家——往昔

曾经天真快乐的日子，让人相信改变能创造更美好的未来。我已经忘了。但最近我偶然读到了自己在2009年2月15日为新加坡《星期日时报》撰写的一篇专栏文章《侨民档案》。回想起自己怀着维多利亚的那段时光，我写道："记忆中是这样一幅画面，选择做剖宫产的前一天夜里，我凝视着房顶上的满月，聆听着咯咯的鸟鸣和风扫过人参果树的树叶发出的沙沙声。我还记得自己心中既害怕又兴奋，因为这将是我昔日人生的最后一夜了。"

十四

地动山崩

在维多利亚去世前不到三年，一切就已经开始分崩离析。我家的菲佣因为受到兼职指控，突然被送回了菲律宾。用人为除雇主家庭外的其他人工作是违法的。梅从家里拨通我的办公室电话时，声音听上去十分沮丧。她说家里来了警察，或是某种身着制服的官员，要将她带走调查。无论当时情况如何，无论还有什么别的事情需要为梅妥善处理，有一件事我是知道的：让十几岁的维多利亚和她深爱的"阿姨"好好道个别，这才是至关重要的。我设法给在学校里的她打了个电话，带着她一起跳上出租车，赶回了家。梅正待在厨房旁边的卧室里，坐在自己的床铺上。后门附近，两名穿着整洁深蓝色制服的年轻警官正等着我们回来。梅站起身，冲进了我的怀里。"对不起，夫人。"她说。这样的称呼总是令我很不自在——叫我"琳达"就好了——但这在她的文化里代表尊重，或许也是双方都希望实现的角色划定。我们将维多利亚也揽进怀里，哭了起来。针对这样的指控，我们什么也做不了。两名警官是在完成自己分内的任务，却也表示同情，甚至答应帮忙扛走她匆匆打包好的行李箱。梅弯下身来，目不转睛地盯着维多利亚，伸出手扶住她的双肩说："答应我，为了你的爸爸、妈妈，永远都要做个乖孩子。"维多利亚用力地点了点头。就这样，梅穿着紧身牛仔裤、踩着不稳的高跟鞋，跟在警官身后，咔嗒咔嗒地走下了公寓大楼的台阶，一头美丽的黑色长发最后一次在我们的视野中甩过。看着她的身影渐行渐远，我们大声呼喊："爱你！我们会去看你的。别担心。"维多利亚还放声尖叫道："别走。"她想要迈开步子去追梅，却被我拦了回来。"不要，不要，不要啊。"她呜咽着说。我的余光注意到，一楼门口处站着的一个菲佣在梅经过时抱起双臂，幸灾乐祸地笑了。她一直对梅心存嫉妒，声称我们这些侨民雇主对待用人太过温和。维多利亚也看到她站在那里得意地笑着，于是停止哭泣，眯起了眼睛。

报社换了新的电脑编辑系统，我觉得很难用，便和其中一名技术人员抱怨了几句。他把我的愤怒误解为白人的典型专横跋扈之举，当时正是反外国人情绪高涨之时。宽松的就业政策和全新的更高人口目标导致大量外来务工人员涌入，一时间，新加坡到处都是新面孔，基础设施不堪重负，人们的情绪也一样。一个年轻的新加坡同事很不喜欢我，在我的书桌上留下了一个用枯萎的花做成的花环，还指责我不过是借着自己的丈夫才被雇用的"无名小卒"。我备受压迫，我不是个会为自己辩解的人，喜欢把事情藏在心底，自怨自艾。我爬上新加坡报业控股集团的楼顶，虽然心里并没有真正想要跳楼的冲动，但真希望自己能够干脆一跃而下。在家时，我也会突然泪崩。维多利亚会来安慰我，讲笑话鼓励我。但这也会令她陷入悲伤——一个敏感的灵魂就这样吸收了我的沮丧。

某天，有个同事在工位隔板上立了一块牌子，上面画着一个表情愤怒且焦虑的（或者在我看来是这样的）中式符号。它直勾勾地盯着我的后背，让我感觉很不舒服。也许这并没有恶意，但似乎是在挑衅。

几天之后，我们的祖国发生了一件毁灭性的事件，令我的家庭备受打击。2011年2月22日，一场里氏6.3级的地震重创了新西兰的克赖斯特彻奇，我们在那里还有一座正在出租的房子。地震共造成了一百八十五人丧生，超过六千人受伤入院。一万多座房子被毁，不得不被推翻，其中就包括我家的房子。

新加坡人读到这则新闻后备感震惊，有些人曾在新西兰留下过美好的旅行回忆。当时正在新西兰参加演习的一百一十六名新加坡武装部队的军人被派往受灾城市帮忙执行警戒任务。

/89

新加坡共和国还派出了由五十五人组成的新加坡民防部队代表团,前去协助搜救任务。

然而,几个星期后的3月11日,全球的目光就转移到了发生在日本的另一场地震上。日本东北地区发生的9级海底逆断层地震引发了巨大的海啸,夺走了超过一万五千人的生命。

相比之下,克赖斯特彻奇的地震黯然失色是完全合情合理的。每一场自然灾害都有不同之处,我只不过碰巧陷入了其中一场。是的,我的人身安全并没有受到影响。我住在新加坡,家乡的房子又是出租屋。问题在于事故的后果,与保险公司和建筑商打交道令人压力倍增。漫长的过程吞噬着我的时间,分散了我作为一个家长的注意力,还夺走了我的灵魂和健康。新加坡当地人和侨民群体对地震的事都不太在乎。世界各地关注此事的人自然都在克赖斯特彻奇地震中受到了影响。我加入了一个不公开的脸书网群组,同里面的人分享应对保险公司和建筑商的建议。

主要问题在于如何收回房子的净值,毕竟我费了好大力气才买下了它,谁也不能就这么放弃六十万新西兰元。作为投保人,我应得的是一座重建好的房屋。当时保险公司只能提供现金,报价低得简直是种侮辱。

由于保险公司和建筑商导致的复杂因素,此事占据了我接下来六年的人生。

新房在小维去世后三年才完工——一波未平,一波又起。

其实我当初并不是很想买下那座房子。我的手头有点活钱,买它更多是为了让维多利亚和马尔科姆高兴。维多利亚在网上看到克赖斯特彻奇的这座房子时,一下子就爱上了它。它能让她想起新加坡周边那些绿树成荫的村镇中一座座老式的黑白殖民地式建筑。于是,经过一番审慎的调查,我买下了它——可能很多人还是会觉得这属于贸然之举。这是一座拥有七十年历史的战后西班牙传教风格的双层灰泥砖房,建在克赖斯特彻奇的山区。该地区有个颇具异国风情、令人浮想联翩的名字"克什米尔"。当地甚至还有一条名叫孟加拉的路。尽管这种略带法国乡村风格的建筑过于花哨,还很女性化,完全不是我的风格,但它对我还是有些吸引力的,因为与它相隔几个门洞的地方就是犯罪小说作家奈欧·马什[①]的故居,我是她的粉丝。她的故居是忠粉们争相参观的某种圣地,基本保留着她生前的布局。但与她家不同的是,我们的房子位于陡峭地段,坐拥宽敞的花园,还有好几座露台,上面栽着各种需要细心关照的树篱与植物。我不是做园丁的料,但维多利亚很喜

[①] 奈欧·马什(Ngaio Marsh,1895—1982),新西兰犯罪小说作家、戏剧导演。与阿加莎·克里斯蒂、多萝西·L.塞耶斯、玛格丽·阿林厄姆并称"犯罪小说女王"。——编者注

欢园艺,也喜欢能找个没人知道的地方坐下,沐浴着阳光读上一本好书。

买下这座房子还有一个务实的原因:要是我们在新加坡的生活受到了外部地缘政治事件不可预见的影响,我们可能需要一条逃生路线。毕竟新加坡这座小岛所在的地区一直处在各种内外利益此消彼长的影响下,针对外国人或我们工作职位的新加坡相关政策随时有可能将我们赶出去。

我将克赖斯特彻奇的房子租给了一个来自瑞典的移民家庭。

可它已经被摧毁了,根本没办法再住人。

克赖斯特彻奇有数千名房屋被毁的居民正指望着保险公司兑现自己的保单。他们需要对房屋进行修缮,如果无法修缮,还需要另起新房或领取经济补偿。我的问题是,我完全不知道自己在保险公司那里拥有什么权益,也不知道建造一座房子需要什么。要说如何安家,我懂。按照奈洁拉·劳森[1]的食谱烤些肉桂松饼,让全家笼罩在香料与糖的香气带来的安慰中——这就是安家的方法。此外,马尔科姆是个摄影师,是个艺术家,他知道如何将具象的事物抽象化。但什么是木栓?什么是

---

[1] 奈洁拉·劳森(Nigella Lawson, 1960—),英国美食作家、烹饪节目主持人——编者注。

房顶的拱腹?光影在这其中如何相互影响?没人了解这些。

谈判仍在持续。终于,历时两年,保险公司同意建造一座替代房屋。维多利亚对房屋的设计和配色很感兴趣,她很擅长这方面的事情。此外,她在放假期间参观了那座房子,留下了不少美好的回忆。从新加坡飞往克赖斯特彻奇,再前往卡卡努伊小木屋的途中,我们会在那里短暂停留。瑞典租客家有个和小维年纪相仿、脾气很好的金发小女孩。夏天时,她会和小维冲进花园,采摘成熟的水果。两人最后回到我们身边时,嘴边总是沾着浆果的汁水,一边咯咯笑着、摇摇晃晃地爬上通往房子的斜坡,一边把嘴里那些红色的东西抹在自己的双手和手臂上。但对我来说,每次到访那里的感觉都不太尽如人意。我们停留的时间总是十分短暂,因为马尔科姆迫不及待地要赶着南下,物业经理又会到场向我们和租客询问各种重要却乏味的问题——什么勾缝剂啊,脱落的墙皮啊,技术工人上门啊。我很喜欢那位瑞典妻子,我俩都不喜欢物业经理,便偷偷地溜到一边聊天,留下几个西装革履的人在检查清单上打钩。"住在这儿还舒服吗?"我问她。"我们很喜欢这座房子,但邻居们……看不起我们。他们的孩子读的都是私立学校。他们告诉我,克赖斯特彻奇的人都是这样的。"她回答。我环顾四周,想象着邻居们轻蔑的表情,捧腹大笑。我觉得这种想法很蠢,但考虑到我们在新加坡的情况也一样——维多利亚读的是私立学校，学校里的母亲都很注重身份地位——我的心里也感到悲哀。瑞典女子问我能否让她把其中一间卧室刷成粉色，给最小的女儿住。当然可以，我回答。这话被物业的女工作人员无意中听到了，她将我拉到一旁，告诉我不能让租户自行粉刷。我知道我可以信任这个瑞典女子做任何事情，用我的房子、我的生命去信任她。

总之，地震发生之后，这家瑞典人很快就搬走了。他们的大女儿死里逃生——烟囱断裂后塌落下来，碰巧在她站着的花园里摔得粉碎，差点儿砸中她。砖头落在结着浆果的树篱里，女孩放声尖叫。

十五

还是半个孩子

地震发生那年,维多利亚十四岁。她肯定对此有所察觉,在赶早班校车之前还会找理由停下来,并注意到我经常和在新西兰的物业经理、保险公司通电话。但她还有自己要去担忧的事情,只不过那时的她还能与心中的黑暗念头一争高下,得出一个理性的答案。

我担心《哈利·波特》就要终结了,我的童年之类的事情也一样。(不过)剧中的演员还会有其他作品,你可以期待艾玛·沃森即将出演的新电影。《哈利·波特》的完结并不意味着你的童年也结束了,你还是半个孩子,况且还有数百万人也在经历同样的过程。随着时间的推移,伤痛会渐渐愈合。

这段手写的内容摘自一本硬皮日记，封面是橙色的花体字。维多利亚去世后，我从她的床底下翻出了好几本这样的私密日记。这个本子是我陪她买的，当时我并没有注意到它的购入标志着她开始大量地书写日记，一直写到她去世前两个星期。在此之前，她也曾有过几个小号的日记本和笔记本，会在上面草草地记下一些奇怪的想法。但在这本日记中，她一开始便坚定地写道："亲爱的日记，我希望自己能向你吐露所有心声。不只是笔记和陈述，还有我心底最深刻的疑虑和秘密。我要从在书店里买下你的那一刻开始写起。那是一个炎热的星期六，我和妈妈决定去商场逛逛（因为也没有别的太多事情可做）。我们总是直接去书店买书，或者妈妈会买本近期的杂志。我挑了几本读了读，但它们都是无聊的言情小说。出于某种原因，我发现自己漫步到了笔记本和文具的区域，发现了你。"

　　她那句"妈妈会买本近期的杂志"让我的脸抽搐了一下。我喜欢读书，但是我除了要处理克赖斯特彻奇房屋倒塌的事情，还要在工作日马尔科姆去报社值夜班时一个人打理家务，同时兼职编辑工作，已然应接不暇。翻翻不那么严肃的八卦杂志能让我忘却这一切——密切关注名人的生活没有任何意义，却能令人感到安慰，就好像他们是我的替代朋友和家人。

　　由于我对动用保险重建房屋一无所知，更别提房屋的设计和建造过程，在处理克赖斯特彻奇的事情时，我陷入了不知所措的状态之中，甚至无法将钉子敲进木头里。谈判过程中，跨国保险公司和大型建筑公司发现并利用了我们的无知，并以此作为自己的优势。保险公司告诉我，重建房屋的条件就是不允许我得知他们对老房子的估价。我信以为真，签订了新房的合同，完全不知道新房的成本已经被尽可能压低，以至于我完全得不到应得的房屋和家具配件。为了满足低预算，他们或建筑公司——抑或是二者沆瀣一气——还砍掉了建设过程中的几个关键步骤。

因此，2011年，当十四岁的维多利亚还在担心自己长大了就不适合看《哈利·波特》，还动笔把心思写了下来时，我的注意力却放在了新房的事情上。事实证明，这是一场无用功。我的思绪被压缩在了一个充斥着保险和建筑行话的小世界，这个世界里有确定楼板坡度测量值，以计算部分或全部损失的工程报告；有土壤深度与质量的工程地质分析；有施工范围、高度面、现有用途。其中一个十分重要的术语是"重建房"，这是保险公司及其选定的建筑公司对替代住宅的称呼。一座全新的房子是修建出来的，但在他们眼里，自己是在重建我们失去的房子。也许正是因为如此，这座新建筑的创建过程没有任何令人兴奋的地方。对他们和我而言，它都是以灾难为基础构成的。

我怎么也记不住有关重建房的术语。就我所能理解的而言，它也有可能是马来语。不，不是这样的。根据我有限的经验，如果它真的是马来语，就应该是宽容的，含有能引发共同归属感、价值感的变格名词；能考虑到看法分歧的修饰词，承认意见不一是完全自然的，是人之本性。更重要的是，事情是双方可以协调的。但保险公司的用词是西方企业中最糟糕的，那是一种只聆听自己声音的官腔，有着创造者自己才知道的秘密含义，还有故意让人摸不着头脑的省略。建筑公司的语言也很排外，木架横梁、热龟裂和隆多牌板条——如果不加考察、询价和质疑，这些词都有可能成为额外开销的潜在雷区。

我忘了要去担心维多利亚正在进入一个新的世界：青春期的世界。在这个世界里，她要找寻属于自己的群体，经历月经、初恋和考试等重要的人生仪式，还要在社交媒体中维系友情，寻找自我定位。

一件重大事情的发生深深地影响了维多利亚：她在公寓楼里最好的朋友希薇及其父母、妹妹搬去了澳大利亚。希薇的爸爸是来自马来西亚的印度人，妈妈是俄罗斯人。希薇和小维相识许多年，两人都是高挑、爱笑的美女，会自信地独自乘坐公共交通去商场上免费的化妆课，然后在地下的赛百味快餐店吃蒜味腊肠三明治，一起逛街。希薇离开时，大家都哭了。但我仍把小维看作那个昂首阔步的周末商场女王,却不曾发现没有了希薇,我的女儿在公寓楼和学校里都形单影只,落后于同龄人,被排斥在"酷小孩"的队伍之外。我们当时并不知道她曾在日记中写下自己有多想要离开这个世界,直到最终读到才震惊不已。小维用黑色的钢笔整整齐齐地写道:

> 我好想自杀,理由都很愚蠢。我没有别人那种极其严重的理由,比如沉重的债务、身边无亲无故或是肢体残疾。我真的感觉又傻又羞愧,因为我反应过激,又不想告诉任何人。他们显然会觉得我在犯傻,觉得我可以克服和应对自己的问题。我开始用剪刀割手腕和大腿,还会用指甲刮自己的皮肤。我的身上已经有二十道疤了。

读到这里时,我心想,我们做父母的怎么没有发现过这些伤?我记得自己问过她手腕内部的轻微划痕,但维多利亚说那是猫抓的。

> 我不喜欢自残,那种感觉很疼,却让人越来越上瘾。我感觉自己是在利用痛苦暂时破坏心里的某个地方。每当感到难过或沮丧时,我就会诉诸自残。当我开始抓挠、感觉痛感袭来时,我就会听到自己心里在想:你必须这

么做,你一文不值。事后我的确会感觉好一些,主要因为这是应对问题和烦恼的最好方法。

…………

你是知道的,我在学校里属于某个"小圈子";在九年级学生的茫茫人海中,我和圈子里的人严格说来不太受欢迎。他们是我的朋友,但如果他们是我最好的朋友,我会感觉更舒服一些。或许我只是想用他们来替代希薇,我觉得和她相处是最舒服的。老实说,她是我每天早上能够起床面对新一天的原因。她也有自己的问题,其中一点就是待在新加坡会令她感到难过。随着年龄的增长,她的烦恼也越来越多。我一直觉得她很适合上本地的公立学校,因为那里所有人都是华裔、马来裔和印度裔。虽然她长着一张马来人的面孔(随她爸爸),但处事方法和心态还是俄罗斯式的。她想要自由,想去一个属于她的地方,那就是澳大利亚。

…………

突然有一天,我看到她家的公寓空了。我感觉自己的童年都被抹除了,仿佛我的朋友不是搬去了另一个国家,而是死去了。

我从未想过自己会如此难以接受她搬家。虽然我还是会和朋友们出去玩,但偶尔也会感觉格格不入。或许我只是希望他们能更喜欢我一些,这样我才能感觉被接受。

正是这个时候,小维和她那些不受欢迎的伙伴成了某个受欢迎团体的目标。即便是在这些朋友之中,她也感觉自己被边缘化了,还患上了社交焦虑症,无法回答老师的课堂提问,或是以任何方式参与课堂互动。

我似乎真的遭到了冷落。尽管我不想被看作一个渴望关注的人,但自残和绝食好像是能让他们注意和重视我的唯一方法。大家都觉得不在课堂上发言、保持"低调"不会令我感到困扰,但事情并非如此。我觉得正是由于这个原因,我才得不到重视。而且我十分在意自己的外貌,总是担心学校里的其他人会怎么看我——还总是往最坏的方面想。即便是走路去上课,我也会为自己的样子、走路方式和说话方式感到尴尬。

除了自残,小维还开始绝食。可她觉得这很难,便试着催吐,但你很难不让别人听到你呕吐的声音。由于害怕被人发现,她开始寻求一种更加长久的解决方法。

我想过吃阿司匹林,但上网一搜,发现这种死法既缓慢又痛苦。我想过喝漂白水，结果也一样。我只是在寻求一种速死的方法。好几次，我爬上公寓楼的顶层，想适应跳楼的高度，却害怕自己奇迹生还，余生落下个双腿瘫痪的结局。

这些话读起来令人深感不安，我的女儿竟会如此心碎。我心中剧痛无比，浑身发抖。意识到自己的亲骨肉曾经遭受过这样的苦痛，还产生过如此黑暗的念头，几乎令人难以忍受。马尔科姆和我的心情难以言表，但只能互相指责。我们对此怎么会如此盲目？维多利亚为什么没有告诉我们？她肯定想过，想过许多次。我们只会想要帮她，我们本可以挽救她。明知自己了解她的痛楚却没有挽救她，你怎么能心安理得？

起初，把一切怪到自己头上是最容易的。厌恶自己作为家长的无能；讨厌自己；坐在这里怀念女儿，保护她，并表示你爱她——这都很容易。但责怪与渴望却令人难以忍受，你要么毁灭，要么想办法继续生活下去。

有一种方法是想想我们家遭遇过的其他类似伤痛，我家已经发生过一起自杀事件了。在我五岁那年的圣诞节前，爸爸妈妈突然把我和哥哥留给亲戚照顾，驱车赶往爷爷艾伦和奶奶所在的城市。他们住在海滩附近的一座阳光小屋中。我们下一次再见到奶奶时，她已经住进了离海滩很远的地下室里一间狭小漆黑的房子。有人告诉我们，爷爷"走了"。看到我们，奶奶并没有像往常那样微笑着送上拥抱，而是跌坐在水泥台阶上，脸朝下趴在那里啜泣。

家里谁也没有提过爷爷艾伦到底怎么了，这不是什么光彩的事情，直到我长大后和表姐艾莉森熟络起来才得知一切。他去世时，我们两姐妹年纪相仿，这才得以从类似的角度把事情拼凑出来。

爷爷艾伦患有脑瘤，脸上还长了扩散性皮肤癌。心理医生形容他的死"是根据局势自己选择的"，是为了避免进一步的肉体痛苦与折磨而采取的一种理性行为。一天早上，艾伦起床后给奶奶留了一张字条，便走入了附近的河湾，任水流将自己卷走。我的父亲找到了他的尸体——它被潮水卷走后，又被冲了回来，卡在了一处防波堤上。这对爸爸来说无疑是件可怕的事情，也让他伤心欲绝。从此以后，我们家再也没有提起过此事，也没有提起过死亡，包括尸体是爸爸找到的，以及他将带着这一切努力地继续活下去。

一个人的自杀会影响好几个家庭，影响几代人。正如心理学家所说的，这种行为会给家人和朋友留下无法解决的情感问题。

一心求死、难以释怀的思维会不会遗传？还是说你年少不懂事时瞥到了所爱之人眼中的忧伤，从而自责地在心里埋下了一颗种子？这份自责还能自食其力——神经系统和思维方式都得到了强化？

我的祖父——维多利亚的外曾祖父，她口中的"吉姆爷爷"——永远浸没在港口齐腰深的温暖河水中，成了被河水怀抱着的一具尸体。

十六

鬼魂触摸

回首如今看来十分遥远的往昔,我们需要寻找一条路,走出身为父母的失败和心中所有的罪责所施加给我们的长期阴影。一个念头的出现,分散了我们的注意力:难道我们的人生遭到了诅咒?这样的想法说来奇怪,却令人安慰。对西方人而言,这是一种几乎不合逻辑的迷信,甚至是疯狂。但在东南亚,这样的念头并不稀奇。社会上许多人都对传统宗教的善恶观念、转瞬即逝的魂灵——鬼魂以及善恶神灵——抱着更加开放的态度。这样的信仰只不过是生活与呼吸的一部分。

举例而言,梅就相信我们的公寓会闹鬼。2007 年,我们因为"集体售房热"失去了当时的公寓,搬到了这里。在那场热潮中,老旧的公寓楼被纷纷拆除,一个个能容纳更多公寓的项目拔地而起,这样的局面造成了市面上可租的公寓少之又少。于是这一间出现时，我赶紧把它租了下来。我想起梅曾经告诉我，其他女佣觉得这里存在恶灵，我自傲地认为这种想法纯属迷信。没错，这间公寓得不到太多的阳光直射，光线十分昏暗。但当家里的马桶不断堵塞和泛滥时，我们的心里也渐渐产生了怀疑。一个又一个水管工对此展开了调查，最终，有人发现下水道里塞满了石头和破布，似乎是上一任住户有意为之。

还有雷击的问题。十多年来，这间公寓遭受过的雷击比我们在其他任何地方经历过的都要多。尽管楼顶安装了避雷针，我们还是每年平均至少遭遇一次。其中有些是直击雷，劈得墙壁火花四溅，或是在插座附近留下焦痕。电视、电脑和无线网都曾因此损坏。有时，闪电球还会击中附近的房顶或我家的阳台，让人感觉更加恐怖。有一次，维多利亚坐在电脑前，手臂上的汗毛因为空气中静电过多而竖了起来。声波击中她时产生了一股冲击力，吓得她放声尖叫。意志消沉的小维甚至在日记中写道："或许懦弱的你可以召唤心中所有的力量，要求闪电给你最后的致命一击，永远消除你自私的苦痛与绝望。"屋外，就在公寓楼背后的山顶，几棵已经成材的大树这些年来也老是会被雷击中。其中一棵又高又直的树会在夜色中燃烧起来，即便身处倾盆大雨之中，也会发出耀眼的火光，仿佛上帝炽热的手指正在谴责我们的罪行。

这座山上的大部分区域都是公园绿地，但在公寓边界的另一边有一小片雨林，不知怎么在新加坡的城市化热潮中被保留了下来。与之相反，公寓区域内经过人工的精心雕琢，拥有网球场、散步道、各种各样的装饰性灌木和长势良好的树木。每两个星期左右，养护人员都会来修剪草坪，以抵御昆虫、蜥蜴和蛇的侵害。

这座山也有它的黑暗之处——在我们搬来这里之前，一个日本住客曾在林中一棵树上自缢身亡——这是某个住客小声地告诉我的。当时总是咯咯傻笑的维多利亚只有三岁，我们正坐在那棵树旁，观看庆祝中秋节的室外木偶表演。

通往公寓另一边——维多利亚去世的地方——的小路正好经过那棵树。小维去世后两年，这棵树被雷击中，不得不被砍倒。隔着山坡隐约能够看到另一座同样十层楼高的公寓，维多利亚七岁那年，一名印度尼西亚女佣曾在那里跳楼身亡。当时我们正在卡卡努伊度假，梅从新加坡给我打来电话，把女佣的事告诉了我，还说我们心爱的黑猫娜塔莉也在同一天被车撞死了，女佣们相信那个印度尼西亚女子的灵魂钻进了娜塔莉的身体。当时我和维多利亚一起坐在车里，正打算驶离车道，所以她听到了每一个字。女佣们把娜塔莉的尸体放进了用白色缎子裹着的鞋盒里，进行了祈祷。梅哭了，我也哭了。当维多利亚意识到娜塔莉死了时，她一边念叨着"哦，不，妈妈，不"，

/ 107

一边啜泣起来。

小维去世的那天早上,她曾在黎明前的黑暗中伴着虫鸣翻过小山,沿着没有灯光的步道,前往从我们居住的地方看不到的那座大楼。她有没有想起在那里自缢的日本男子,化作一缕微风在山间旋转?她有没有想起那个印度尼西亚女佣,还有我家被撞死的黑猫?

她会不会怕黑?走路时会不会犹豫不决?还是说她是趁其他人都已入睡、加速奔向自己的秘密地点的?那里有没有被血红的月亮照亮?还是一反常态的一片漆黑,在月食下黯然失色?

她有没有注意到,那一小片雨林里会传出捕食者和猎物的沙沙声和尖叫声?还是她在等待万物归于死寂,一跃而下摔个粉身碎骨,或是缓缓地下滑,直到身体像只成熟的水果,无声地掉落?

在小维生命中的最后三个月,山上开始出现某些人献给神灵的小堆供品。在绕山散步的途中,我偶尔会在大树的树根处发现这样的东西。人们认为这些大树身上存在着神灵,或者它们本身就是神灵的化身。供品中有蜜橘、香炉和一些蜡烛。有一次,我还看到有人将一整条银鲳鱼精心地摆放在一片盘根错节的树根之中。后来还出现了一件固定装置：一幅裱框画，画中描绘的是中国南方著名的桂林石灰岩，被放在步道的一棵树旁。怪石嶙峋的山峰是自然之美的象征。过了一段时间，这张画被人从相框里撕下来，丢在了山坡上。空空的相框、锯齿状的碎玻璃散落在树根周围。

正是那个时候，我开始听到公寓的墙壁里传来窸窣作响的声音。躺在床上，我的耳边就会响起密集的小动作带来的沙沙声，仿佛墙壁里有一股穿堂风正在撩拨成团的棉纸。一天，我和马尔科姆正在客厅，沙沙声突然响起，越来越大。只见一连串身体细长、长着半透明翅膀的昆虫从墙角线的裂缝中奔涌而出。几百只，紧接着变成了几千只，充斥在空气中，密密麻麻。昆虫爬进我们的头发，落在我们的脖子上，钻进了衣服里。这些都是白蚁，它们咬穿了支撑墙壁和地板的木头，钻出来打算趁着夜色交配。由于我家的客厅里亮着耀眼的灯光，这些白蚁十分困惑，没有朝着夜色飞去。我高声呼喊着维多利亚关上卧室房门，待在里面别动。

一开始，我们手足无措。虫子相互碰撞，在地板上落下了成千上万被拧断的翅膀和支离破碎的尸体，我们的脚下铺着一层滑溜溜的银色白蚁翅膀。

马尔科姆突然心生一计，关掉灯，打开阳台门。远处的街灯亮着。成群的白蚁挤作一团，朝着夜色中的灯光蜂拥而出，直到再没有一只活着的白蚁留在屋内。

小维去世前的三个月,这种大规模的虫害在我家暴发了两次。

那几个月中,我们有时清晨就会被楼上公寓传来的神秘诵经声吵醒,还会听到有节奏的吹奏与打击乐器的声音,阵阵焚香味也会飘到楼下来。还有一两次,外面的楼梯上居然摆了一只巨大的金属香炉,火苗和烟雾会从里面蹿出来。

我向公寓的管理部门投诉过明火的事,担心这会成为火灾隐患。但我家门口也出现了让人担心的问题:新邻居搬来之后很快就有了业主的感觉,把自家小孩的自行车、晾衣绳、小摆设、纸箱都放在了公共区域里靠近我家的地方。他们还养了一只好斗的猫,总把它留在室外。那只猫喜欢攻击我家的两只猫,所以我们不得不一直把它们关在屋里,尽管它们以前很喜欢在室外睡午觉。邻居家的猫还学会了在分隔两间公寓的房梁上保持平衡,跳上我家的阳台后钻进客厅。我们向邻居抱怨此事,对方却说这是我们的问题,我们不得不一直关着阳台门。这样一来,公寓里的光线就更暗了,我们变成了自己家里的囚徒。

小维去世后,我得知楼上公寓的诵经和焚香是道教的追悼仪式,是为一个突然离世的邻居举行的。我甚至不知道他已经死了。我对这个邻居没有太多的印象，只记得他有两个十几岁、性格活泼的儿子，看上去人不错，他在公共区域照顾盆栽植物时看到我还会面露微笑。他最近刚刚翻修过公寓，铺了新的地板，刷了新的油漆，还买了几尊道教的玉制雕像骄傲地摆在客厅里展示。平安夜那天，他起床欣赏雕像，却在新铺的大理石地板上滑倒，撞到了头部，没过多久便去世了。就是这么回事。他的追悼仪式包括我听到的诵经声，还有我见过的送葬队伍。组成送葬队伍的道士走进树林，将供品小心翼翼地摆在树根旁。仪式的目的是在这位父亲去世后恢复宇宙的秩序——被黑暗笼罩的地方必会照进光明，达到一种平衡。

后来我还听说，有些邻居认为这个道教邻居的灵魂"绑架"了维多利亚的灵魂作为补偿，或者是出于某种精神上的渴慕。我无法理解如此复杂的看法，合乎逻辑的那部分思想认为这是荒谬的，另一部分则抱持着开放的态度，相信世界上的确有恶灵存在。当然，认为小维是因为与她无关的某种外部因素才结束了自己的生命，省事地将一切都怪罪在迫使她自毁的恶灵身上——这样的想法过分简单。但其中可能也有一定的道理：正是某种邪恶的东西控制了她的思想，才迫使她盯着消极的事情不放。她曾是个如此善良美丽的人，因此不难想象美好的对立面一定存在着邪恶。

/ 111

小维去世后不久的某天,我遇到三个基督徒邻居和一个男子正在绕山行走,一边祷告着,一边高举手掌。按照其中一人的说法,他们是在抵御"那里的某种东西"。后来我才得知,那个男子是名牧师,那他们要抵御的肯定不会是上帝。很久之后,我和邻居朱萱聊天,从她口中得知那叫"祈祷游行"。她解释道:"小维的去世和你邻居的意外身亡都令我非常不安。在这么短的时间里,这已经是第二起不寻常的死亡事件了,还牵扯到了邻居。我感觉事情没那么简单,也不是巧合。我找牧师的妻子谈了谈,是她提议召集其他信众进行一次祈祷游行,庇佑和保护那里所有的家庭。"

这次祈祷游行的引领者是牧师蔡仲凯,也就是被我们的另一个朋友请来主持维多利亚葬礼的那个人。他和我们的邻居并不相识。很久之后,凯牧师告诉我,当他得知葬礼是为维多利亚举行时,他十分震惊。"就是那个自杀的年轻女孩吗?"他问。新加坡有许多牧师、代理牧师和神职人员,被请来主持葬礼的竟然还是凯牧师,那个我第一次远远看到他时,正和邻居们在维多利亚去世地点附近的山上祷告的男人。

和朱萱聊起维多利亚的事情时,我们还谈起了信仰的话题。谈及许多新加坡人显然一点就通,却令西方人感到不同寻常的精神世界信仰,她说:"迷信和人们无法解释、不能理解的事情有很大关系,所以人们认为,这一切都和灵性有关,呼吁取悦神灵与鬼魂。我的儿子正在服兵役，观察并接触到了许多自己圈子以外的不寻常的人。在此过程中，我也受益匪浅。走出自己的舒适区，你就会得到新的视角。军队里鱼龙混杂。我的儿子一直都在教堂做礼拜，如今认识的却是些浑身刺青、在中元节彻夜对着墙壁不断道歉之辈。人们相信地狱之门会在中元节那天打开，鬼魂会出来四处游荡——军营里也一样。这些人随处都能看到鬼魂，对他们来说，这是再正常不过的事情了。"

她还补充说："最重要的是，不管我们如何看待灵界，它都是真实存在的。只不过有些人对它比较敏感而已。"

维多利亚生命的最后两周是学校假期。她通常喜欢骑骑自行车、打打网球，这次却一动不动地赖在床上，无时无刻不在戴着耳机听音乐——或许那只是她阻止别人和她说话的壁垒。我走进她的房间叫她起床，或是让她跟我去购物、出门走走，她就会噘着嘴，不情愿地摘掉耳机问："什么？"害我不得不再重复一遍。想起这一切，我真该把耳机从她的手机上扯掉、藏起来，让她在接下来的假期都找不到。我不该唠唠叨叨地让她把艺术课的《恐高》视频做完，应该直接带上她远走高飞，休息一下，做点什么。可那时我们什么也做不了。马尔科姆不想出门度假，甚至不想像平常那样打打网球、骑骑自行车。我们以为马尔科姆是在闹脾气，后来他才透露，自己的腹股沟长了一个肿块，必须去做检查。他极为不安，担心那是个恶性肿瘤——他几年前就曾被吓到过一回。他不能做任何锻炼，却又不想让别人知道他的担忧。他这人天性体贴，总是把烦恼藏在心里，不想让任何人不安。我们要是知道就好了。

但这只是导致小维死亡的诸多不祥因素之一：我总是在办公室里加班到很晚才回家；小维的朋友全都离开了，没有人陪她；我得了支气管炎；不友好的邻居放任自家的猫欺负我家的猫；学校的学业压力；还有即将到来的"血月"。当时还发生了马航MH370航班神秘失踪的事件。在这个电子设备控制人类言行的时代，一飞机的人怎么能这样凭空消失呢？此事令我深感不安、心烦意乱。这些影响和因素本身都是可控的，但当它们一起发起猛攻时，却搅乱了一个家庭的安宁，光明熄灭，黑暗侵入。

就连小维对星星、月亮的喜爱也有黑暗的一面。我们找到了一张时间表，上面是她标记的满月日期。月亮的盈亏对她至关重要，那意味着生命的脆弱，或许还有人生的矛盾。她在一首诗中写道："她是玻璃与相框中的空白/被玷污的石英水晶上的一点点灰尘/月盈月亏间的面纱。"

2014年4月14日，维多利亚去世那天，正是罕见的月全食发生的前一天。这被称为"血月"，因为月亮会在地球的阴影笼罩下呈现红色。小维在自己的日历上做了记号，难道她知道"血月"总是被先知们用来预示末日？《启示录》中有一段经文说道："揭开第六印的时候，我又看见大地震动，日头变黑像粗麻布，满月变红像血。"也许小维想在某种世界末日前死去？毕竟2011年时我们已经经历了克赖斯特彻奇地震。

小维以前常戴着一条新月吊坠的项链，我都不知道她有这么一条项链，她走后几天我才拿到。

保安莫汉拿着它出现在我家的前门。银色的项链已经断成了两截，是清洁工在维多利亚坠楼地点附近的几株植物间找到的。吊坠没有脱落，不知怎的仍旧挂在其中一截断了的链子上。后来我仔细看了看：那弯新月上裹着某种红棕色的物质——小维的血。

这件令人毛骨悚然的纪念品——闪烁着银光的"血月"，从我女儿的毁灭中复生，宛若来世的礼物——是留给我的吗？我知道自己想要保留所能留住的一切，哪怕只是她沾在金属月亮上的一滴血。

十七

恐高

维多利亚去世前几个月,我曾经有过一段焦虑的时光。那时候的人生还是有未来可言的,我的女儿还是其中的一部分。一天晚上,我去学校开家长会,这场家长会至关重要,马尔科姆却因工作会议耽搁了。今年是最后一个学年,小维有好几场考试要准备。我下了出租车,和往常一样有点迟到,因为我是下班后赶来的。我径直穿过走廊,走向正在召开家长会的高年级图书馆。

其他家长都在自视甚高地忙着自己的事情。一位多年来与我一直是点头之交的母亲和我打了声招呼,脸上露出了居高临下的假笑。和维多利亚不同,她的女儿属于学校里的"酷小孩"之一。她偶尔还会在学校里教授浮雕课程。相信她对于这场家长会与我有着截然不同的看法。

尽管我尽了最大努力赶来，想见的那几位老师却并不在场。和在场的老师对话令我感觉非常压抑，他们只关注如何让小维取得更好的成绩。我痛苦地意识到，坚持让维多利亚就读这所重视学术成功的学校是个不可挽回的巨大错误。但现在让她抽身似乎为时已晚，困难重重。也许是我反应过激了？老师们都很担心维多利亚，却纷纷安慰我，认为她可以重整旗鼓、通过考试。这些人都是老师，是权威人物。他们知道什么是最好的，对吗？

我本该等待马尔科姆陪我一起参加晚上的家长会的，如果他在，肯定会出言反对那个视觉艺术老师，因为对方让我强迫维多利亚今年必须"兑现承诺"，按时提交作业，不要老做"白日梦"。你们绝对想不到小维学习的这门课居然是创意课程，在这样的课程中，奇迹之所以偶有发生，难道不正是因为你敢于去梦想吗？老师声称，视频和屏幕图像制作对小维来说是与生俱来的能力，还对她一年前制作的一段"艺术"视频表示了赞赏，并指出"况且她的父亲也是一名摄影师"。

但小维真正热爱的是绘画。我向老师指出了这一点，她却生硬地告诉我，维多利亚的画并没有优秀到足以让她拿到高中毕业证书[1]。我告诉她，维多利亚甚至不喜欢拍摄视频和照片，她却让小维必须坚持下去，因为小维做得很好。

小维为高中毕业证书准备的视频作品名为《恐高》。老师告诉我，她担心小维无法按时完成这件作品。"你的女儿很拖拉。"她告诉我，"做事似乎不太主动。"她强调，我必须确保维多利亚在即将到来的学校假期内完成她的视频作品，为新学期做好准备。我感觉自己受到了责备，是个坏妈妈。在我本该琢磨一下，老师为何没从学生福利团队那里听说维多利亚患有某种多动症的消息时，我却深陷懊悔与自责的情绪之中。几年前，我听说这些信息会被转达给每个新学年的老师，于是盲目地以为这些权威人士会照做。

我还应该问问这名艺术老师，让一个缺乏安全感、对考试充满忧虑的学生来做《恐高》这样的项目，她是怎么想的？我应该说，让她去画画，得分低无所谓——考试并不是一切。

和老师们谈完话，还有一场报告会。该校一名成功考入大学的毕业生谈起了自己在这里取得的良好学习基础。就业指导

---

[1] 高中毕业证书（Higher School Certificate，简称HSC）是澳大利亚新南威尔士州的高中毕业文凭证书。该证书的考试也面向欧洲、美洲、亚洲的其他国家考生。凭借HSC成绩，学生可以进入承认该考试成绩的大学就读。HSC考试的每门课程都拥有一到两个单元，每个单元每周大约包括两个小时的正式教学，完成每个单元最高可以获得50分。大多数课程都有两个单元，学生完成课程后最高可以获得100分。学生至少要学习十个单元。

人员聊了聊考取大学所需的分数、如何计算分数、考取各类学院可能需要的分数段、他们能够提供哪些国家的信息，以及有什么课程可选。

对于毕业后的生活，他们勾勒出的图景只有考入大学，没有其他。我身边的家长对此似乎并无意见，大概他们的子女都学业有成，他们相信培养子女的首要目标就是让孩子通过考试，成为社会中能够产生经济效益的个体。

那些声称培养更好的人才、做最好的自己、追随内心的激情、学习包容他人和每个人都要有所贡献的主张，全都是道貌岸然的谎话。你就是要成为银行家、IT人员、人力资源管理师、销售经理、会计或者贤内助。

在学校假期期间，小维四处奔波，拍摄《恐高》。她将摄像机放在了一座公寓楼楼梯间的窗台上，视频内容显示小维出现在屏幕中，手里拿着一张餐巾纸。镜头推近，纸上用红笔写着"恐高"。镜头拉远，小维将餐巾纸团成团，放进手里，将手伸出窗台。她靠在防护矮墙上，吹了一口气。餐巾纸团飞起来，向下飘落。

两天后，她从同一个地方跳了下去。

理算

第一部分

十八

抱歉，小维

距离小维去世已经三个星期了。我不用为她准备早餐，也不用确保她吃东西、刷牙穿衣；不用在前门等着执行我的告别仪式——轻轻地拍拍小维的背包并祝她好运，在她奔下楼梯去赶校车时说"再见，亲爱的，爱你"；不用再恳求她停下来好好系上鞋带。但我还是会在同一时间起床，我的行为已经被预调成了这样。维多利亚一出门，或者更准确地说，是想象她已经出了门，我就会去客厅的床边等待，假装注视着校车停在楼下将她接走。我能听到气动车门叹息般的声音和当啷声。我会和往常一样在窗边逗留，就为了看她最后一眼，在校车朝着山下呼啸而去时瞥一眼她坐在车上的剪影。"再见，亲爱的。"我会低声说道。

其他的例行程序也让人心烦意乱，但我和马尔科姆不得不重返工作岗位,毕竟家里还有账单要付。对马尔科姆而言,能够忙碌地投身于日报的需求是件好事,他的身边有一群热心友好的摄影部同事会照顾他。

我又过了几天才回到办公室,曾经遭受的冷落令我一直备感受伤。我又无法理解办公室的钩心斗角,感觉自己十分脆弱。我找了网球交友俱乐部的詹妮弗送我去上班,这样就不必打车或是赶公交车。她是个头脑冷静的英国女子,长得轮廓分明,还颇有责任感,举手投足都很得体。车子停靠在报社所在的工业园区时,我的心中充满了恐惧。我的人生发生了翻天覆地的变化,而重返工作岗位象征着拾起继往开来的缰绳。这贬低了维多利亚的离开。回归工作、赚钱还账怎么能比丧女之痛更重要呢?这份伤痛将持续一生。如果我下车走进那个入口,就意味着要压抑心中的悲哀,意味着让别人以为你已经接受她已死的事实。一场名为"劫后余生"的闹剧就此拉开序幕。

詹妮弗在结婚之前曾是一名导游,常带着旅游团前往遥远的印度尼西亚海岛观赏科莫多巨蜥,知道什么叫"保持冷静、继续前进"。她坐在方向盘后等待着。"我们到了。"她轻声地告诉我,这话她显然已经说了两遍。

我下车,走了进去。"小维,对不起。"我低声说。

远离家的安全氛围,身处现代开放式办公室这座毫不妥协的竞技场，我发现悲伤与震惊已经让我的大脑化作一团糨糊，认知能力就像个孩子。第一个星期，我把手放在键盘上时会发抖，盯着某个句子一看就是好几个小时。我打算将它重写或是移动某个段落，可开始动手后却忘了自己想要干什么。我会为最意想不到的事情泪流满面，有时还会因为止不住眼泪，不得不请假回家。所幸我的上司莉迪亚、保罗和扎基尔十分理解我的处境，总是会同情地点点头，放我离开。

会触发我泪点的都不是待在报社办公室里以受限的视角看得到的东西。我去楼上单位食堂的中式窗口订炒饭，瞥见厨房里的工人正在不锈钢水池里清洗一只乳猪的尸体。在她动作轻柔地擦洗它的皮肤时，它的小脑袋就垂在她的手臂上。我感觉自己仿佛回到了殡仪馆，眼前是一动不动、几乎一丝不挂的尸体，一只苍白的手臂垂在轮床旁边。

但随着时间的推移，伴着"哒哒哒"的节奏，在键盘上轻轻地敲下几个词语、字母和标点，成了我单调生活中的新作息。一种麻木的感觉油然而生，标志着我对维多利亚、对爱女之心的彻底背叛——这不正常。但除了死亡和抗抑郁药导致的沉睡，我别无他法。

我担起了一些额外的责任，开始重新动笔创作《有关新加坡的五十件有爱小事》，虽然我现在对新加坡的感情可谓五味杂陈。这是我在小维去世前就开始创作的一部作品，也是我的另一个不明智的举动，因为它占用了过多时间，害我在准备晚饭时还要匆匆地编辑文本，动不动就暴跳如雷。"妈妈，又煳了。"当我闻到焖烧的奶酪酱汁味，冲到炉边赶紧把锅取下时，小维便会这样抱怨，然后高兴地补充一句，"我只能点外卖了。"

小维去世之后，这本书的编辑请我吃了顿午饭，几个新加坡同事也在场，我礼貌地聆听着他们久久地谈论法国黄油的优点。后来我们发现，桌上的黄油不仅是法国的，还是无盐的，这又引发了有关"无盐对口味有哪些影响"的谈话。出于某种原因，我们聊的内容都很肤浅——他们不想冒犯我或令我难过。我吃了东西，把所有食物都咽了下去。与此同时，坐在我对面的那个人告诉我，她养的宠物鹅就死在她的怀里，这段经历让她自此判若两人。我试着把这段话理解为她想与我建立某种联系，即便故事的内容十分牵强。

谁也没有提到我的女儿。

回到共管公寓的安全氛围中，我才有可能坐下来思考和回忆。小维的卧室还原封不动地留着，装着作业本、藏着口香糖的书包还摆在书桌旁的椅子上，准备被人拿起来、甩到肩头。梳子仰面躺在梳妆台上，墙上贴着艾薇儿·拉维尼、安格斯和茱莉亚·斯通的海报。我已经关掉了加热的直发夹板，还将校服放回了衣橱,以示妥协。除此之外,房间里的一切还和维多利亚跳下床、从睡在沙发上的小手套和安吉丽娜身边跑过、溜出前门、经过山上的网球场和残存的雨林、从公寓楼上一跃而下那天早上一模一样。一个故事就这样成形了。这样说准确吗?我不知道。但我需要一个故事。它日复一日地在我的脑海中重播:今天是新学期的第一天。我在早上六点四十五分起床,为小维准备面包和咖啡。我敲了敲门,叫她起床。过了一会儿,见无人回应,我走进去看见了空空荡荡的床铺,被子被乱糟糟地匆匆丢在一旁。她平日里是个干净利索的人。这就是她的告别。

卧室。几个星期以来,我一直在查看维多利亚留下了什么,寻找着蛛丝马迹。当然,还有能够证明和再次证明她存在过的一切痕迹。证明她真的活过,而不是被我的想象虚构出来的。我找到了许多线索,就在她的床下,藏在装满废弃的童年玩具的箱底——那是她儿时的日记。这些年来,我有时会看到维多利亚摊开它们漂亮的封面,在里面写字。我以为这是她要经历的一个阶段,和许多女孩一样。我没有读过日记中的内容,因为我一直忙于平衡工作和家庭,也因为我曾在写作小组中和几个妈妈讨论过,知道尊重女儿的隐私是非常重要的。其中一个妈妈读了女儿的日记,场面闹得非常难堪,惹得母女俩都泪水涟涟。这件事传达出一个信息:作为现代女性,我们应该尊重自己的女儿，让她们能在一个隐秘的地方发泄和表达自我。要是我当时能够对此提出质疑就好了，这样我就能仔细地研究：如今的少男少女们正面临着什么样的压力，意识到他们面对外界的影响有多脆弱，多么需要在有礼貌的监管下看清自己的想法会导致什么结果，谁又在影响他们。这样我就能插手干预，用光明照亮一切黑暗。

此刻，我强迫自己读着已故女儿令人痛心的日记，心知它们清楚地表明了一个她无论如何都无法向我们传达的事实。是骄傲吗，还是羞耻？是害怕不知怎么会让我们失望，还是不想为我们增添负担，抑或是渴望成为一个完美的孩子？但我们本身是永远不会这么想的。难道她不了解我们到底是什么样的人，难道她以为我们只是爱她爱到骨子里的琳达和马尔科姆？

随着成长，她的笔迹——人格在纸上的体现——发生了变化。内容也从大波浪鬈发和"我午饭吃了三明治"这种感人的朴素，变成了最后一条仿佛充斥着尖叫、密到模糊不清的手写笔记："我想死！我只想死！我没有把话说出口，可能是因为我不想停止感觉自己还有这个选项。我只想死，这样的要求过分吗？"紧接着是个十分潦草的短句，除了"请在＿＿＿×××我"之外无法辨认。

此后的好几天，我都一蹶不振。

我猜，那就是她的落款吧——一声没有人看得到的呼救。

我们听不到，我们看不到，直到现在。可为时已晚。

我发现自己又一次构建了一个故事。尽管不可能，但我还是要努力地控制故事的走向：小维大约年满十六岁就不再手写日记了。她从十四岁时开始手写日记，内容从对《哈利·波特》单纯的思考，到感觉自己不再适合上学后对死亡的渴望。小维开始爬上高楼的楼顶，想要知道自己能否一跃而下，结束自我怀疑和与外界脱节带来的痛苦。

无声而又绝望的记叙彻底地摧毁了我对自己是个意识敏感的母亲的看法。这份心碎令人无法承受，我暂时合上了日记本。

我们也有自己的落款要写，虽然这和维多利亚在绝境中草草留下的恳求相比微不足道，却也必须要去应对，那就是回复无数的吊唁卡片和电子邮件。我们曾经是三个人。但在一封信或电子邮件的落款处，不写上小维的名字根本就是不对的。

我的第一封信写给了小维的发小希薇，她如今和父母生活在阿德莱德[①]。我在落款处写道："爱你的琳达、马尔科姆和维多利亚。亲亲。"

可这看上去并不合适，没有承认我们的家庭已经破裂，也

[①] 阿德莱德（Adelaide）是澳大利亚南部的一个港口城市。

没有承认小维已经不在人世,而我们正在为她深深地哀悼着。

我在脸书网上加入了一个为丧子父母设立的非公开群组,群里会针对子女死后的各种平凡的生活琐事为组员提供建议,我从中学会了在落款时以"天使小维的拥抱"结尾。

这有点庸俗,但收到我来信的人似乎都能理解。有些人觉得这表明我们接受了她的离世,其他人则很喜欢把维多利亚想象成天使,不过这些理由都不能令我感到欣慰。有一点我是知道的:不署上小维的名字,不在这个世上再为她留下痕迹,这太不人道了。想象一下只在卡片的结尾签上"琳达、马尔科姆敬上",这相当于抹除了维多利亚的存在,暗示我们并不想提起她。

小维想要怎样?"哦,妈妈,忍忍吧。不过天使的拥抱还行,茜拉奶奶可能会喜欢的。"

小维的外祖母、我的母亲伊莱恩并不乐意我们继续承认维多利亚的存在,即便我们在现实生活中承认的是她作为某种回忆的存在。当我们寄去写有维多利亚署名、以"天使的拥抱"结尾的卡片时,我的母亲在电子邮件中写道:"今天收到了你们寄来的礼物巧克力,包装很漂亮,还有美丽的贺卡。你们不必代替维多利亚寄贺卡,因为我们接受她已经如愿地去了一个更好的地方。"

没有一个同学家长联系过我们，学生也一样。我们后来得知，学校告诉家长和学生，我们不希望被任何人联系。但我们从没有提出过这样的要求。

十九

白雪公主

没有了维多利亚,我的生活陷入了某种停滞状态,仿佛维多利亚有可能还在这里,只不过要暂时离开一段时间。她的人虽然不在了,却日日夜夜地生活在我的思绪之中。可我每一次试图想象维多利亚的面容,或是她长成了什么样子、如何在这世间移动,以及她身为人类时的所有微小特征,却什么都看不到,眼前就是没有任何画面——我甚至忘了自己女儿的长相。绝望中,我将她的照片放在了办公桌上的布告板上,还会对着照片说话,仿佛这样就能唤她回来。这些画面始终是二维的,无法召回一个生龙活虎的女孩。

我只能清楚地看到维多利亚死后的样子:她深棕色的长发紧贴着棺材的白色缎子衬里,棺材也是白色的。我注视着她,耳边响起殡仪馆主管的声音,说家长都喜欢白色,因为它象征着纯真。深色的木料是给那些寿终正寝的人用的。沉睡中的维多利亚看上去并不纯真,反而面容枯槁、一脸疲惫。她紧闭着双眼,像是希望我们全都走开,好让她清净一下。我看到自己徘徊着不愿离开,最后亲了亲她玫瑰色的双唇。我飘浮在空中,俯视着脚下那个自己又去亲吻了她苍白的脸颊。哀悼者们将我拉了回去。"他们现在必须带她走了。"空洞的话音从我的耳边飘过。

我希望至少能在梦中看清她生龙活虎的样子。但即便如此,我也好几个星期记不起任何梦境。这在失去了孩子的父母身上十分常见,是我加入互助小组之后得知的,有些人的情况会持续数月、数年。但我觉得自己其实做梦了,因为醒来时泪水已经在眼睛上结了痂,双颊也已被泪水打湿。

也许记忆的缺失(对她的记忆,还有梦中的记忆)是大脑在我刚刚丧女的那几周对我进行的保护,说不定我的情感还没有为那种程度的回忆做好准备。要是能在想象中完整地看到她亭亭玉立地站在我面前,长发飘飘、眼神炯炯、朝气蓬勃,张开双臂打着招呼,还戴着她常戴的手镯,会不会让我发狂?

我不介意发狂,它能让我不必硬着头皮走下去,而前方本身就是某种人间炼狱。任凭自己陷入镇定药物带来的懵懂状态,如同行尸走肉一般走来走去——这种简单的生活充满了诱惑。我没有维多利亚那种能够彻底摧毁整个人类的无情能力,我的命运就是不断醒来，发现自己还活着。

虽然我无法"看到"维多利亚，无法记起女儿的模样，但在她死后的几周，她的声音还是会在我的脑海中回响，而且只会在意想不到的时候到来，无法被唤起，所以我抑制住了呼喊她名字的渴望。有的时候，我是幸运的。

小维去世后几周，尽管想不起她的模样，我还是在她卧室的床上躺下来，试图感受她的存在。她的声音——或是我的心声，抑或是我将自己的心声想象成了她的声音——告诉我：*妈妈，去看看底层的那只抽屉，最底下的那一层。*

我走到自己搜查过好几次的抽屉旁，我知道抽屉里的一切：学校练习册和笔记。但我又从这些东西的底下抽出了压在最下面的一张纸，我以前从没有见过这张纸，纸上复印的是童话故事书《白雪公主》中的某一页。

白雪公主紧闭双眼躺在那里，一头黑发散落在白色棺材的白色丝缎衬里上。七个小矮人用难以置信的悲伤眼神凝视着她。她是个美丽的年轻女子，看上去十分安详，远离了被她抛在身后的人们眼中的悲伤。

听到或者想象自己听到了小维的轻声细语，又找到白雪公主的那幅画，让我感觉非常不安。将头发染成棕色、脸色苍白地躺在白色棺材里的维多利亚看上去很像画中的白雪公主,她的脸上也带着同样肃穆的表情,没有那么死气沉沉,仿佛一个吻就能将她唤醒。马尔科姆和我,还有菲奥娜、夏琳、宝拉围作一团,悲痛欲绝地瘫坐在那里,就像围在棺材旁的小矮人。和那些消瘦却机灵的生物一样,我们的脸上也流露着同样震惊、悲痛和绝望的神情。我心里清楚,维多利亚想让我们——或者愿意让我们从这幅画中获知某种意义。这就是她想象中自己死后会发生的事吗?和某个童话故事一样?这个天真烂漫的画面并不能拭去痛失亲友的人心中的哀伤,也根本无法理解她的离去伤我们有多深。不过,十七岁的她对人和生命的周而复始已经有了相当成熟或者说过分成熟的理解。

或许这幅画指的是她在英语课上读到过的某个诗人,是对童话的黑暗解读,是安妮·塞克斯顿[①]对《白雪公主》的理解:无论你过着怎样的生活 / 童贞的少女都令人艳羡:/ 双颊如烟纸般脆弱 / 双臂和双腿宛若利摩日[②]的瓷器,/ 双唇仿佛罗纳谷的美酒。这首诗将白雪公主的外貌浪漫化,却也对她进行了嘲讽——她的美貌与童贞都是薄薄的硬币。也许美貌、童贞的维多利亚是在最后一次贬低这个社会的价值?相反,即便继母

[①] 安妮·塞克斯顿(Anne Sexton,1928—1974),美国诗人,以其高度个人化的自白诗而闻名。1967 年,她凭借诗集《生死存亡》(*Live or Die*)获得普利策诗歌奖。——编者注
[②] 利摩日(Limoges),法国中南部城市,被誉为"欧洲瓷都"。——编者注

容颜不再,还是比"笨兔子"般的白雪公主聪明得多。不过即便表面上已经离开了人世,白雪公主最后还是重新复活了。

二十

预约的小纸条

为时尚早,我们需要更多的时间去哀悼。我们仍旧处在深深的震惊之中,只能接受人们的善意。但在小维去世后一个月,我和马尔科姆就行动起来,约见了学生福利部门的工作人员,或者按照她的叫法——学校辅导员,我们就称她为C老师好了。带着悲伤的情绪,针对维多利亚死亡的性质,许多问题纷纷浮现出来。上个学期,我们曾在小维的铅笔盒和书包上发现过黄色的便利签,似乎是约了要和辅导员见面,令人忧心忡忡。我们之所以会感到震惊,是因为自己对这些安排一无所知。小维去世后,C老师在跟随学生福利部门主管上门拜访时,也没有提及此事。

我们希望知道发生了什么,二人见面时聊过什么,小维有没有提起过什么可能导致她想要寻死的事情,她的难过与我们的教育有没有关系。我们也希望得到安慰,同时更多地了解我们的女儿，知道她在学校里是个什么样的人。

我们被告知去接待处报到，有人会来接待我们——这是一项新的程序。以前身为家长时，我们都是直接溜达着走进学校的。我想要再来一次，看看能否在走廊上感受到小维的存在，也重新感受一下这个我们知之甚少的世界。也许我还能见到小维的朋友和同学，稍稍了解一下生活若是照常继续，会是什么样子。相反，辅导员是在熙熙攘攘的走廊上接待我们的。走廊两侧悬挂着班级照片、笑容满面的级长硕大的头部特写和裱框的艺术作品。我们曾以学生家长的身份在这里走过近十年，如今却成了访客。身份的转变令我感到困惑，再次打乱了我们对新生活无休止的重新调整。我们被一路领到了学校的辅导员办公室，我以前从未来过这个地方。办公室的辅导员E老师和我们很熟，算是学校里的老人了，她平日里友好的面孔今天变得既沮丧又严肃。学生福利部门的主管D老师也在，维多利亚还是个学龄前的小孩时就认识她了，她的丈夫还教过小维一年的艺术课。她们示意我们在一张小桌旁坐下。屋里的气氛十分古怪，像是少了些什么。我意识到，对于维多利亚的去世，我从D老师的身上丝毫察觉不到悲伤之情。她穿着带垫肩的宽肩西装，一副公事公办的样子。大家围坐在桌旁的样子为这次的会面增添了一丝不寻常的正式感，就像是一场会议——这的确是一场会议。D老师和E老师并不想与我们闲聊，而是一直在等待。突然，另一位辅导员开门走了进来。小维去世后，她曾来我家探望过，所以我认得她。我本以为会得到温暖、拥抱、眼泪和一句"我很遗憾"。相反，C老师将一只看上去质量很好的公文包重重地撂在桌子上，还没坐下就对我们说："我知道你们想把事情怪罪在某个人身上，但那个人不会是我。"

我倒吸了一口凉气，怪罪？我从未想到过这个词。我为什么要找个人来怪罪呢？如果我们打算把事情怪罪到谁的身上，那么想要审问、诅咒和臭骂的人也应该是我自己吧？

她坐了下来，屋子里一片寂静，马尔科姆与我面面相觑。辅导员甚至没有看向我们，而是匆匆在公文包里翻找着什么东西。与此同时，D老师把手机放在桌上。在我们"聊天"期间，她似乎一直在发短信。我这才恍然大悟，她可能正在向某个人汇报我们的反应。

我们突然意识到，眼前这些人都是企业的职员。C老师忧心忡忡、百般狡辩，说出的答案似乎都是演练过的。我发自内心地希望C老师是个体贴的人，可她的回应却没有丝毫同情可言，仿佛一心只想着自己的雇主和身上的责任。我们可怜的女儿竟会把内心的焦虑、精神健康和人生都放在一群无法为她提供帮助的人手中。

我询问C老师，维多利亚上个学期找她进行过多少次辅导。她的回答模棱两可,于是我不得不反复询问。最终,她暗示自己上个学期辅导过小维一次,还补充称包括去年在内,这样的辅导总共进行过四次。我和马尔科姆手里的便利贴预约小纸条表明,光是上个学期,维多利亚就和这名辅导员见过至少三次。

我又询问辅导的过程中发生了什么。C 老师再次含糊其词,紧张地瞥了瞥 D 老师,说了些有关呼吸技巧与焦虑的问题,还说参加学校合唱团似乎让维多利亚找到了平静。

紧接着,C 老师展开了一段看似推销的游说:"我很骄傲能够成为全球最大的教育机构 X 的雇员。"她真的是这么说的。接着她又继续表示,拥有这所学校的跨国组织是如何遵循"最缜密的"客户(客户!)福利规定——如何制定规则、名声如何……

后面的事我就记不太清了,也不记得她有过任何的人性之举,比如道上一句"节哀顺变"。

马尔科姆尝试了一种不同的策略,指出学业上不太出色的学生会感觉自己属于二流人群。E 老师对他的话表示赞同,开始谈论学校还能为这些学生做些什么,但说到一半就停了下来,由 D 老师接过话茬引开了话题。事后马尔科姆告诉我,他看到 D 老师踢了 E 老师的腿,大概是想让她闭嘴。我们再次改变策略,表示我们认为学校为维多利亚做得不够,在她死后为那些伤心的同学做得也不够。我们还提出,她的一个朋友本可以帮忙挽救她,因为小维在星期六的晚上就曾试过跳楼,发现自己做不到后给她发了短信。我询问学校现在的规定是什么。C 老师几乎是轻蔑且自豪地回答,学生应该告诉他们的老师。我表示这是没有用的,因为事情发生在周末,而小维是星期一早上离世的。我建议她们至少以我女儿的名义订立一条新规定,指导学生们可以向任何能够当即做出回复的权威人士汇报,不管那个人是家长、老师、警察或某个被信任的同学,只要他们能够采取行动,通知权威人士就好。但对方对这条建议的反应不温不火。

这三个女人只想让我们离开办公室、远离她们的生活,以为这样就能保住自己的饭碗,留住这所学校依旧是成就斐然、幸福快乐的假象,而小维的死只不过是一个不幸的插曲。我承认这么说是在诋毁和指责别人,也相信她们都是疼爱自己子女的母亲,并且十分关心学校里的孩子。就算我为维多利亚感到伤心,这也不是什么高尚的做法。但谁又能责怪我会产生这种感觉呢?尤其是我们后来从外人口中得知,学校里显然有人曾经表示,希望事情能够"正常化"。

我的人生将永远无法"正常化"。

我和马尔科姆离开了。我们没有步行返回入口,而是偷偷地穿过了大巴停靠站。我回头望了望学校的水泥外墙,意识

/ 141

到自己对学校真正运行方式的看法竟是如此天真、幼稚，不曾想到校长室和跨国董事会会议室的权力。我觉得学校辜负了我们，但我们却无法追究——这不是为了推卸责任，而是为了防止类似的事情再次发生在其他可怜的学生或心急如焚的家长身上。我们不曾意识到，是我们将自己宝贵的孩子托付给了这群家伙。他们辜负了她。我猜他们会不惜一切代价，避免令人不快的法律问题。

在走廊里穿梭时，我注意到和维多利亚同龄的十二年级学生正穿着条纹制服欢笑地跑来跑去，充满活力。有那么一刻，我纵容自己去憎恨他们所有人竟然都还活着。

二十一

再见,妈妈

与学生福利团队的会面已经过去了好几个小时。在会面期间,辅导员对维多利亚死前做过的咨询含糊其词。可能正是因为这个,我发了疯。或许是维多利亚的意识依旧残存,抑或是她的一部分依旧残存在我的想象之中,在我绝望时向我伸出了手。那天晚些时候,从学校开完会后,我回到公寓时竟然听到维多利亚的声音在呼唤我:"妈妈,到窗台上去。"

她的声音响起时,我正躺在她的床上。那个声音很有启发性,却并不急迫。我本能地知道,她说的并不是自己真的一跃而下的那一小片电梯大堂,而是与之相连的紧急楼梯通道,就在电梯大堂的楼下。那里有什么讯息正在等待着我。

我信心满满地以为能在那里找到什么东西,从而帮我继续生活下去。我知道如果可以,维多利亚会这么做的。我从家里的盆栽上切了几段叶子花的茎干,准备放在她去世的地方以示敬意，也是对她捎来消息表示感谢。我走过山上的丛林、网球场和棕榈林，来到共管公寓院子另一边的那座楼下，把鲜花放在她破损的尸体曾经躺过的地砖上。花朵是她最喜欢的紫色和白色，某个路过的人稍后可能会把它们捡起来丢进灌木林里。但是没关系，眼下对我来说，重要的是把花朵留在那里。我抬头看了看我上周贴在附近墙壁上的便条，内容是询问是否有人知道维多利亚是怎么死的，还留下了我的联系方式。不过那张便条已经被人撕掉了，墙壁上还粘着些许残留的胶带。维多利亚的痕迹已经烟消云散，消失得太快了。

我乘电梯来到十层，站到一小片围栏之间。她就是从这里一跃而下，或者说是纵身翻越，抑或是放开手，任身体轻轻地滑落。

我往下看了看，望见花朵正抬起头，向我微笑。

不知怎的，这里的横梁一直在引诱我追随维多利亚跳下去，仿佛在说："就是这样！跳啊！"但我还是转过身，穿过沉重的大门，来到楼梯间。大门关闭的声音分外低沉，四下更显寂静。傍晚时分，我是这里唯一的一个人。我走下一层楼的台阶，来到一小片平台，这里就是维多利亚的声音所指的地方。宽阔的混凝土平台上涂着奶油色的灰泥石膏，上面又粉刷了一层同样颜色的涂料。你可以舒舒服服地坐在宽大的横梁上，把两条腿荡在外面，体会高高在上的感觉。更重要的是，完全没有人会发现你。你可以在这儿一坐就是几个小时，眺望远山，遥望蓝绿色的雨林树冠。你也可以聆听鸟儿的啾鸣，或是高翔在空中的海鹰劝诱幼鸟离开巢穴时天使般的叫声。

站在这里，我看不到任何讯息，却坚信这里一定有什么东西。我跪在横梁上，凑到它的正上方，有条不紊地检查了起来。从左至右，我在心里将它分成了几个方格，仿佛自己是个正在执行搜救任务的飞行员。幸运的是，天空中乌云密布，较为柔和的光线能让各种痕迹显露得更加清晰。

就在这时，我找到了它们：那些讯息。

维多利亚在灰泥涂料中刻下了几条又细又长的线，从远处看，那似乎只是几道杂乱无章的刮痕，有可能是任何东西造成的，凑近观察才会发现这是有人故意为之。我不知道那是用什么东西刮出来的，是茶匙的边缘，还是一把餐刀？剪刀？刮痕呈条纹状，看起来有点像是起伏的山丘，纵横交错，暗示着某人内心的焦虑不安，或者这代表了某人习惯在自己的皮肤上割出一道道交叉线？

我更加仔细地凑上前，朝着刮痕的另一边望去，找到了——一颗爱心。

我曾在她的学校作业本空白处见过她画的一颗又一颗同样的爱心。

/ 145

爱心下面潦草地刻了几个字:"再见,妈妈。"

"妈妈"这两字的最后一笔还是不完整的,写到一半突然断掉了。

当然,她写的也许不是妈妈。也许是我在自欺欺人,但刮痕看上去就是这个样子。我倒吸了一口凉气,即便身处那么黑暗的时刻,小维竟然还能记得我。她想过,也一直想要我知道,她爱我。

作家琼·狄迪恩[①]曾经写过自己收到了死去的爱人发来的讯息,却坚信这从逻辑上来说是不可能的。在她的编剧丈夫突然去世之后,她总是很难写完报纸评论,因为他再也无法为她阅读、帮她润色了。最终,她设法想象他在对自己说"你是个专业人士,写完它",这才能完成工作。

她指出:"我们允许自己想象这样的讯息,只不过是因为我们需要活下去。"

但我在横梁上看到的讯息并非是想象中的,而是实实在在的"白纸黑字"。它肯定是小维刻下的,还带着只有她才会加上的独特爱心形状。要不是发自内心地感受到了小维的敦促,用敏锐的目光仔细地盯着横梁上的涂料,满心期待着那里会

[①] 琼·狄迪恩(Joan Didion,1934—2021),美国作家、记者,当代美国文化偶像,代表作有《奇想之年》《蓝夜》《向伯利恒跋涉》等。——编者注

留有什么讯息，我在正常情况下是不会回到那个悲剧发生的地方去的。

但一个人必须要有怀疑的态度。我没有任何合理的理由相信维多利亚会在去世后一个月给我递来消息，难道是我"允许"自己听到"想象中"小维的声音？

无论如何，这个讯息让我打消了跟随小维跳下横梁、结束痛苦的念头。我会继续活下去的。

几个星期、几个月过去了，没有一个老师发来邮件询问我们近况如何。我直接给老师们发了邮件，但每次都是一位学校领导给我回信。

我和学校领导见了面，想看看我们给学校提出的建议进展如何（或者应该说是否有进展）。这些建议包括规定学生在得知某人出现自毁倾向时应该联系谁，以及职业方面的指导员在提出规划建议时，既要包含入读大学的选择，也要提出其他未来的可能性。他对这些措施似乎不怎么感兴趣。我要求查看辅导员为维多利亚做的档案笔记，却遭到了他的拒绝。但他通知我们，学校董事会正在就学生福利问题进行外部审计。他强调，此举与我们女儿的身故没有任何关联。

又过了一个多星期，一位律师对我说，我们完全有权查看辅导员给我们女儿的档案笔记。

我在网上阅读学校的简讯时发现了这么一条内容：

辅导部门变动

作为持续致力于学生福利工作的一部分，我们近来审查了全校的咨询辅导架构，以期尽可能提供始终如一的热情服务。审查考虑到了学生、教职工和全校人员的需求。在中学部，××将全职辅导六到十年级的学生。C老师将继续辅导十一和十二年级的学生。

我想知道这是否就是董事会所谓的"外部审计"的结果，如果是的话，C老师似乎保住了自己的工作，但现在处于监管之下，或者必须和至少一名辅导员共事。这篇简讯的署名人C老师还自称"学生身心健康负责人"。

学校并没有就此事通知过我。

二十二

征兆

小维去世后六个星期,为了分散自己的注意力,我参加了澳大利亚与新西兰协会组织的一趟巴士旅行,去参观新加坡的几处古色古香的景点。我心想,坐着大巴出去走走,伴着汽车的律动放松神经,沉默地身处一群叽叽喳喳的陌生人之中,应该没有什么坏处。这一路都很顺利,直到车子停在一处以笼中鸟的歌声闻名的地方。在停车场旁边的一块空地上,我看到一排排的鸟笼高高地挂在杆子上,每只笼子里都关着一只会唱歌的小鸟。

这让我想起了维多利亚九岁时的一幕。她参加了一个以世界各地故事为特色的度假营,玩得十分开心。在故事营里,她扮演的是摩洛哥历史传说《石榴树》中的强大女巫,或者说是灯神。故事以沙漠为背景,主角为柏柏尔人。故事大致是一个旋转着现身、如同托钵僧般的女巫会把偷来的小孩变成小鸟、关进笼子。有个少年英雄找到女巫的家，设计欺骗了她，救出了那些孩子。

小维并不介意在度假营的戏剧中扮演反派，反而全情投入了女巫的角色，享受着不用做好女孩、释放内心黑暗面的机会，还在日记中记录了这个角色如何赋予了她控制局势的能力。那时她还没有升入中学，不曾遭受过同侪压力（同龄的女孩会取笑她说，要想在万圣节时打扮成女巫，你必须是个性感的吸血鬼），她也没有变得内向、逃避。现在我们才明白，对于想象力丰富的她而言，把事情全都藏在心里才是更危险的。

但在度假营的演出中，小维很喜欢能有机会披上头巾、穿上戏服，十分享受长袍料子的经纬纹理带来的真实感，尤其是女巫天蓝色的护身符，传说佩戴这种护身符能够抵御恶魔之眼。一个女巫为什么要佩戴这种东西，她要抵御谁或是什么东西呢？

澳新协会举办的巴士观光途中，我在公园里想起了《石榴树》中那些被女巫变成笼中鸟的孩子，感觉一个个灵魂正在呼唤我前去解救他们。我眼中看到的是痛苦——仿佛他们都是穿刺王弗拉德的受害者，惨死敌手。我不知道自己为何会想起几百年前的这件怪事，而且据说穿刺王弗拉德就是吸血鬼的原型。我猜那些令人焦躁的愚蠢青少年吸血鬼电影应该都是他的衍生品，想到这里，我泪流满面地离开了。

女巫从未真正地离开过维多利亚，某种内心的觉醒导致这个温柔善良、热爱大自然的灵魂被迫厌恶自己美好的本性。也许女巫在维多利亚的心中发现了一个巫师，一个可以威胁黑暗力量的预言者。

有时，我们在试图理解悲剧的过程中会发现一些玄奥甚至荒谬的事情。就我的情况来说，这些事情都是以画面或讯息的形式出现的。它们预示着我要去发现什么，或者虽然无法彻底消除我失去爱女的痛苦，却能让我继续活下去。其中某些发现可以直接解释为人类对思维定式的本能需求。对于这些，我一直抱着开放的心态。

维多利亚去世后不久，我快速地翻看着她的朋友们在脸书网上发布的照片。在某张照片中，大约十六岁的小维身边坐着一个头戴爱尔兰小精灵帽子的同学，帽檐上还绑着一条十分独特的黑色带扣皮带。这有可能是学校的什么"国际日"。小维穿着一条黑白相间的紧身裤，上面隐约显露出某种民族特色图案。她朋友的帽子是鲜绿色的，十分宽大，做工精致。两人笑容满面，看上去其乐融融。偶然看到这张照片的第二天，我去附近的山顶花园散步，在共管公寓停车场的一根树杈上看到了一顶小精灵的帽子——和照片中的十分相似。我试着把它取下来,却怎么也够不到。不可否认,身处这个亚洲国家,在一棵香灰莉树上偶然发现这么一顶爱尔兰神话传说中的小精灵帽,绝对是件怪事。次日,这顶帽子就不见了。

还有一次,某个星期———一周中已经永远被玷污的日子——我去山上散步,走到最后,在可以俯瞰网球场的水泥石阶上坐了下来。我坐在那里凝望着日落,却没有因为壮观的红色天空而振奋,反而陷入了维多利亚不能在这里陪我一起分享的绝望。我的眼前是望眼欲穿的人生,令人悄然落泪。一阵"咔嗒"的脚步声在我身后响起,一个穿着登山靴、挎着小背包的年轻男子朝坡下走去,从我身边经过时停下脚步,转过身问道:"你没事吧?"我嘟囔着说自己心情不好,正在想念某人。他若有所思地停顿了一下,答道:"我许多年前住在新加坡时就生活在这里,最近一周半我都在故地重游。我喜欢这座山,是来这里坐坐、欣赏日落的。"他伸出一只手,补充道,"我叫约翰尼斯,不过你可以叫我约翰。"我们握了握手。

他又问了我一遍:"你没事吧?"我解释了我的女儿维多利亚是如何在山的另一边结束了自己的生命,她有多么不开心,还补充了几句"如今的年轻人真不容易"之类的话。他抬头看着我,浑身上下洋溢着欢欣与雀跃,脸上的微笑甚至是金色的鬈发都散发着喜悦。他告诉我："不，人生没有那么艰难。能做的事情很多，生活还是美好的。"我表示小维是个悲观的人，他却让我一定不要难过："她现在过得很快乐，非常非常快乐。来，让我抱抱你吧。"我们就这样拥抱在了一起——两个陌生人。然后他就转身下山去了，途中还扭过头说了句有关晚饭的话。很快，他的身影逐渐消失，沿着步道远离了这座山丘。太阳还没有落山，一切都感觉那么不真实。这段经历听起来过于老套。想起他金色的鬈发、微笑的眼睛和浑身散发的光芒，我有时也会怀疑他是不是天使，或者是个精灵。

马尔科姆是个坚强而沉默的人，他在不经意间透露了自己曾经看到过维多利亚——就像某些痛失亲友的人会在极度敏感的状态下看到心心念念的对象一样。当时，他去了我们在新加坡最喜欢的荷兰村购物中心。闲逛时，他决定到以前常带维多利亚去的厨具店转转。为了挑选一款新的抹刀——硅胶、橡胶或是金属的——或是看看碎肉机、揉面机、胡椒研磨机之类的新设备，父女俩总是能花上半天的时间。

维多利亚喜欢这个过程，喜欢父亲的陪伴和游刃有余的决策。她十分擅长烘焙布朗尼蛋糕，或是在马尔科姆做饭时做些准备工作，抑或是给自己煎个蛋、烤个饼，因此对哪种厨具最好用很感兴趣。马尔科姆也乐意带上她，因为她的眼光不错，总是想找出质量最好、最实用、最美观的东西。也正因如此，父女俩很少能够找出什么完美的物件。如果一款新的长柄平底煎锅成了两人共同的追求，那么即便是在放假期间，他们也会留心寻找出售这种东西的商铺。总之，在沿着通往商店的步道漫步时，马尔科姆"看到"了维多利亚，或是想象自己看到她正在他的前面步行前往商店。他后来表示，那种感觉非常真实。他只能看到她的背影，却笃定那不会只是个碰巧从背后看起来很像维多利亚的人。他觉得那就是她。后来她就消失了。

　　他还透露，这种事情以前也曾有过，但只会发生在她在世时两人去过的地方。"超市吗？"我问，"有个声音叫你一定要买包肉桂卷回去？"他点了点头，闭上了嘴巴。他不想谈论这种事情，它太容易被反驳了。

二十三

发现

后来，我们找到了小维在去世前四个月写下的一封详尽的遗书，等同于听到了她的心声。警方交还给我们的笔记本电脑中存有她两年来随手创作的日记、作文、诗歌，以及她去世前四个月写下的一篇详尽的日志。日志的内容停在了两周之前，也就是学校开始放假的时候。电脑的存档中还包括她和玛丽在网上彻夜长谈的记录。原来两人不只是朋友，还是最好的闺密，我们竟然完全不知情。其中还有一份学生福利部门负责人提出的要求，仿佛是小维在告诉我们，她知道 C 老师的短处。

这是 10 月下旬一个炎热的星期日下午，距离我们失去小维已经过去了近七个月的时间。警方传唤我们前往当地警察局，我们是开车过去的。家里现在有车了，只不过是租来的。有了它，出行会方便许多。小维会喜欢这辆车的。

警察局位于一片公共住宅区中,距离我们住的地方只有很短的一段车程。维多利亚每次乘坐共管公寓的摆渡车前往商场时,都会经过那里。沃尔特探长(化名)正在等着我们,警方针对我们女儿身亡的案件展开的调查一直都是由他负责的。刚开始时,我还会在电话里对他大吼大叫,要求他提供更多的信息,后来就渐渐疲软了。几个月前,他告诉我们此事已经结案,让我们签署几份文件,表示不再需要进行尸检调查。这些都是他登门向我们传达的。我记得那是一个星期日的下午——和今天一样——他穿着休闲短裤和马球衫,像是那天放假似的。今天,他穿的是警服、正装衬衫配一条长裤。探长叫我们过去是为了领取几样所谓的"有价值的东西"。他努力地摆出一副不偏不倚、公事公办、难以捉摸的样子,但我知道他已经厌倦了我——这个没完没了地提问、总是怒气冲天的白人女子。至于男同胞马尔科姆,虽然他是个白人,但探长对他还是满怀同情的。

警察局里透不进一丝阳光,室内入口处亮着昏暗的人造光源。我隐约看到笼罩在阴影之中的墙壁是粉红色的,那是布满尿渍的厕所灌浆瓷砖才有的粉红色,也许是几十年前政府粉刷的。在阴影中来来去去、鱼龙混杂的平民(或者更像是罪犯)也仿佛沾染上了污渍,一个个牙齿泛黄,因为愤怒、恐惧或愧疚而表情阴沉、满脸怒容。沃尔特探长的脸上没有一丝笑意,大概是出于隐私考虑,他领着我们走进一间偏房,却没有关门。我心里还在琢磨着粉红色的事情,可转念一想,那并不是柔和的浅粉色,而是某种难看的粉色。我还记得维多利亚出生的那间新加坡医院的墙壁上也贴着瓷砖。那些瓷砖是绿色的,某种极其令人厌恶的绿色,婴儿粪便的绿色。

我们纷纷落座。沃尔特探长和马尔科姆聊了起来。他用呆板的声音提醒我们,本案将不会进行尸检,调查已经结束了。你和马尔科姆可以把维多利亚的个人物品领走了。他的声音越来越小,逐渐变成了喃喃自语。她留在那处横梁上的……以及警方从你家、她的卧室里搜集的有价值的物品,统统都在这里。拿走吧。

他把手伸到办公桌下,掏出一只破破烂烂的纸箱。

"这是你们女儿的东西。"他说。

她竟然沦为这副模样,化作了一只用来装复印纸的箱子。

我们震惊了,双双凝视着纸箱,心怦怦直跳,攥紧了拳头。心痛的感觉阵阵袭来,将我们紧紧扼住,再狠狠撕开,一次又一次。

"哦,这里还有……她的凉拖。"他说。他用的是新加坡人对凉鞋的叫法。他把手伸到桌子底下,递给我们一个装着凉鞋的透明塑料袋。沃尔特探长还告诉我们,她把这双凉拖整整齐齐地留在了自己跳下的横梁上,并把手机摆在了旁边。

他说起"整整齐齐"这个词的方式听上去几乎是在表示赞许。

看到装有她鞋子和手机的塑料袋,马尔科姆倒吸了一口凉气。我却难以忍住想以一切方式触摸维多利亚的渴望,便把手伸进了纸箱,箱子里装着一些文件和一只鼓鼓囊囊的马尼拉纸大号文件夹。我飞快地抽出文件夹,往里看了看。沃尔特探长瞥了我一眼。他是在警告我吗?难道里面有什么东西是我最好不要看到的?还是这个公职人员在哀叹:"这个平民怎么这么没有礼貌?"我伸手掏出一件黑色的T恤衫。

"我们已经把这些东西洗过了,"他说,"不过你们可能还是会找到……一些污渍。"

我们回到了警察局旁的停车场。马尔科姆将纸箱紧紧地抱在胸前,我拿着维多利亚的笔记本电脑。沃尔特探长表示,警方已经查看过电脑中的文件,认为里面不存在任何利害关系的内容。他对此似乎十分笃定,却让我感觉非常可疑。他怎么如此确定?维多利亚曾经没日没夜地抱着它打字。我对里面可能存有的内容很感兴趣。走到租来的那辆白色旧本田汽车旁,我开口问道,你想让我来开车吗?马尔科姆点了点头,咬紧牙关,努力地振作精神。后来他告诉我,我们必须签署一些文件才能取走这些东西。我拒绝了,所以最后是他去解决的。我已经记不得了。

一个星期之后，那些存在利害关系（对我们有害）的东西还摆在我家的餐桌上。终于，我们鼓起勇气，先是试图打开电脑。电脑有密码，马尔科姆找来信息技术人员才将它打开。

突然间，我们以文字的形式听到了维多利亚的心声，她又重新复活了。她写了一份有很多条目的日记，向我们解释了一些事情——不过这些话都是写给一个名叫罗琳的虚拟人物的。日记中还包括她的歌单、她最爱的书籍、她的原创诗歌与短篇故事。还有关于她好恶的描述，以及她和朋友S、玛丽这三个青少年之间没完没了地彻夜长谈、互发短信的记录。我从不知道玛丽是她如此亲密的朋友，随着阅读的深入，我这才明白维多利亚对她的感情已经发展成了迷恋。小维并没有直接说出玛丽的名字，而是写道，这是世界上最神奇的经历，但是那个女孩并不爱她。

这没有令我们惊慌失措，因为我们去年就已察觉她在性别身份方面存在着困惑。我们只希望她快乐。我以为她真的非常快乐，现在才意识到，我们对她的朋友知之甚少。维多利亚就是我们生命中的一道亮光、灿烂、风趣。她是我们的伙伴，寄托了我们的未来。但这份日记却展现了小维的另一面，或者说是好几面。

小维的日记内容——包括她生前最后四个月的电脑日志，

还有床底下那些可以追溯到三年前的手写笔记——表明她一直活在某个与世隔绝的隐秘世界里。这个世界充斥了黑暗的想法，涌动着自我伤害与自我净化的尝试，还有将同龄人的生活理想化的倾向——尤其是那些长相俊美、颇受欢迎的人。

日记中的某些内容表明，小维对自杀有着冷静的理解。这让我相信，如果干预得当，维多利亚本来是有可能得救的。

2013年至2014年间创作的日记与诗歌，日期不详：

怒吼：人们对于自杀的刻板印象之所以讨厌，是因为他们认为只有疯子才会这么做。你不必发疯也可以想要自杀。九成的精神障碍都伴有结束自己生命的念头，但精神障碍显然多半会令人感到羞耻。我知道自己第一次试图那么做时（十四岁）并没有发疯，我感觉自己是个过度敏感的傻瓜，毕业后完全没有成功的希望……总有那么一刻，你身体的每一根汗毛都相信你已经无药可救，感觉你的存在是不必要的。就好像所有的希望都已烟消云散。我承认，唯一的方法就是去死，我只想让脑袋里那些没用的念头通通消失。

我必须发泄一下，就在刚才，我在视频网站上看了一部纪录片。是的，又是一个"平平无奇"的星期四下午。

我下定决心，也许我应该坚持到底。也许……

为什么医生不能直接找出让人容易患上精神障碍的基因,然后将它剔除呢?

写到这里时,小维似乎放弃了:

怀疑如同液体涌上你的肺,越涨越高,直到你感觉自己快要溺水身亡。你大口喘息,喉咙却不让你吸气。于是你等待着缺氧带来撕心裂肺、难以承受的剧痛,腐蚀你的大脑额叶。我快要彻底地失去理智了。

在这些想法之前,还有一首诗:

病毒

一拨拨抗多巴胺阻聚剂毒害着我神经递质的最深处,
扭曲变形的人体,
渐进而沉默,
藤本植物缠绕着突触,
丛生的树根间联系愈发紧密,
一种外来的病毒拥有了温馨的定居地,
引来挥之不去的忧郁,

无情而冰冷，

抗体无法抵抗，

快乐一去不返。

    我们竟然什么都不知道。她是如此美丽、引人注目，以至于我从不曾想象她竟会这般憎恨自己，也不知道她对自己的看法竟会如此依赖于别人，尤其是同龄人的看法。我们的父爱、母爱还远远不够。我应该像头母狮一样露出尖牙，将她从那个想要摧毁如此美丽善良人儿的无情进化论世界中拉进我的怀抱。相反，我只是心想：我亲爱的女儿，你从里到外都比我优秀得多。有了你，我创造了一个更加美好的成果。欢迎来到这个世界，维多利亚，它会喜欢你的。原来我一直活在不切实际的幻想之中。

    我以为自己通过她赢得了什么奖项，比如"最美女婴的母亲""最佳人缘女孩的母亲"，或是"最美十七岁少女的母亲"。她的出现就是对我多年缺乏自尊和自信的回报。我想为这份好运掐自己一把，心想：她就是我的太阳，内在与外在都那么美好。就像我说的，这些都是不切实际的幻想。

    所以说，笔记本电脑里的日记是份苦乐参半的礼物，让我更好地明白了她为何如此绝望。但我起初还是陷入了无以复加的伤感之中,以及对她已经彻底不存在的未来充满了渴望。我的女儿维多利亚——我想要一遍又一遍地用大写字母在天空中书写她的名字——维多利亚、维多利亚、维多利亚、维多利亚、维多利亚、维多利亚、维多利亚、维多利亚,维多利亚·斯凯·普林格尔·麦克劳德,维琪·斯凯(她的脸书网用户名),维琪(学校里的朋友对她的称呼。我讨厌用这种掐头去尾的名字来称呼她),小维(我和马尔科姆对她的称呼)。

不过话说回来,维多利亚的破坏性思维模式有种令人感动、发自内心的意识。她毫不畏缩地分析了自己为何会产生自残冲动,又为何会被迫最终自我毁灭,以跳楼来结束一切。

即便这段最终的探索之旅能够揭示她自毁的缘由,但起初读到她对内心苦痛的描述,对我来说是一种新的打击。可奇妙的是,这也是个治愈的过程。通过维多利亚敏锐的自我反省,我和马尔科姆找到了摆脱自责循环的方法。

没错,面对别人会在所爱之人离世后陷入思念的事实,维多利亚的无动于衷令人窝火。但她表达了对我们的爱,这一点弥足珍贵,是对我们的赦免。她对我们没有仇恨或愤怒,诚然,她为我们看不到她的痛苦而感到愤怒,无法为我们开脱。她的死亡对身为父母的我们而言依旧是种质疑,即便我们心中有爱、努力工作、规划未来,却还是辜负了她。不可否认,她自毁的行为是对我们共同生活的厌弃,是在排斥我们创造并融入的这个世界。但这个过程中没有"去他妈的"的愤怒,更多的是理智的绝望与勇敢。承认她对我们的爱如同拿到了一把钥匙,能让我们把心中所有的自责都化成对她更深的爱。

二十四

公开

三天前,我读到了小维笔记本电脑里的文字和日记。这些内容令我不知所措,她刚刚去世时我曾感受过的惶恐与震惊又回来了——我需要帮助。

此时此刻,我身处的这个房间被刷成了柔和舒缓的白色,里面摆着两只素净的米色沙发,上面精心铺着几块柔软的毯子,编织布的垫子增加了质感。如果不是宜家咖啡桌上那个显眼的纸巾盒(纸巾是必不可少的辅助工具),整个房间呈现的效果就是斯堪的纳维亚家庭风。这是我的悲伤辅导顾问帕特里夏的办公室,她工作的这间诊所的老板是我的老朋友 J。

诊所里的猫闲庭信步地走了进来,它浑身毛茸茸的,长着一对蓝色的眼睛,是顾问诊所里的固定成员。我像小维曾经那样,轻抚着它柔软的皮毛。她大约十四岁那年,我们讨论过她将来想做什么职业,她说自己有可能想要成为一名顾问。J 答应带维多利亚四处转转，聊聊顾问的工作涉及什么内容。J的诊所位于一处20世纪50年代的黑白建筑中，曾是英国军官及其家属的住所，军营整修后被租给了平民家庭和小商贩。最棒的是，这里拥有大片至今仍未被开垦的绿地，随处可见各种成材的树木。麝香猫仍会在晚上出来觅食掉落的热带水果，蟒蛇则潜伏在排水沟里，希望能够逮到一只粗心的麝香猫。

我们跨下出租车时，小维环顾四周，望着这片令人意外的田园风光，宣称她喜欢这个地方。登上古老的水泥台阶，我们走进了这座修复得非常精美的建筑的一层。我本以为室内会一片漆黑，但我的朋友用白色的油漆和线条简洁的家具点亮了整座房子。她带小维参观了病人的诊疗室，小维在房间里走来走去，仔细端详，还翻了翻书架上的书，感受着四周宁静的氛围。后来，她和诊所里那只跟在她身后喵喵直叫的温顺猫咪成了朋友。这只猫大有用处，能让紧张的病人放松心情、感到从容自在——尤其是那些前来问诊的孩子。小维无疑有种宾至如归的感觉，虽然她也是前来做客的。我的朋友就住在诊所楼上的公寓里，小维认为这样的配置非常不错。"远离层层的上司和高大的建筑，拥有自己的私人诊所。妈妈，我觉得这行我可以。"她告诉我。但她真正想要的并不是成为顾问，而是接受辅导。

日记内容的第一则。1月14日，星期三。她去世前整整三个月：

    我知道，凭借这点分数，我是永远无法拥有什么璀璨人生的。如果我继续这样下去，到头来可能真的会突然失控。我以前就曾失控过——那年我十四岁，不明白眼前还有漫漫人生路可以去补救。我的意思是，要是你知道自己即将度过悲惨的一生，活着还有什么意思呢？还有一件事情很奇怪。今天，我在S家的泳池里一边游泳，一边唱歌。在草地上晒日光浴，面带微笑。紧接着，我就为当时看来至关重要的什么事情号啕大哭了起来。

    老实说，我不知道返校后该怎么办。我明白仅仅因为高中考试不及格就寻死是荒谬的。可当你在生活中也无疑是个失败者，基本上每天都在后悔当初不该说的话、不该寻求的帮助——这就足以压倒一切，让其他事情看上去都无足轻重。

    我想要重新动笔写作，我一直没有停过笔，但如今每天都要写。在思绪失去控制时，写作能让我冷静下来。但换个角度看，它也会火上浇油。我是说文字……我只希望能与玛丽彻底地坦诚相见。我现在知道了，她会明白的。我真的好想在开学前那晚再次对她敞开心扉、直言不讳……要是我们能把自己一天天筑起的高墙推倒、开诚布公就好了。老天,看在上帝的分上,我已经十七岁了,不该再为这种事情纠结了,应该摒除一切恶习,过得开心快乐、井井有条,就像档案柜。但我不是。

此刻,我在维多利亚曾经走动过的咨询室里,坐在她坐过的沙发上,抚摸着她抚摸过的猫——也许这才是我到这里来的原因。我寻求的不仅仅是能与我感同身受的人提供的分析和辅导,还有小维的存在感,同时探究她是如何把这里看作一处避难所的。帕特里夏迈着大步走进房间,看到她身后飘着一条围巾的时髦打扮,我感觉自己正被某种平和的氛围所笼罩。她是J团队的顾问之一,但我以前从未见过她。她坐下来,目光温暖而坦诚地直视着我,她属于那种天资聪慧、值得信赖的人。她操着温柔的爱尔兰口音,开口问我:"你还好吗?"语气中没有一丝训练有素的顾问会有的真诚/虚伪。她说话的方式承认我们双方都知道这句话将开启顾问与咨询者间老套的"舞蹈"。我嘬了一口杯子里的水,耸了耸肩。"我感觉自己稀里糊涂的。"

我已经把电脑里的日记发给了帕特里夏,她查看着自己对此所做的笔记。我的心里有很多期待,希望她能找出小维为何出此下策的些许线索,并对她的思想状态发表一下深刻的见解,或是从字里行间提取出某些振奋人心、能帮我继续活下去的内容。的确,听到她称赞这些日记"文采飞扬、文笔流畅",我的心头涌起了一种近乎喜悦的情绪。一个迷失的女孩,一位骄傲的母亲。帕特里夏将小维的日记形容为"头脑最清醒的人针对精神问题书写的文章",并与我分享了她的一些领悟:"但由于小维缺乏解决问题的能力,所以她找不到应对的办法。她的死是无情理智的结果。""无情理智",我暗暗地记下了这个词,表示自己非常沮丧,因为文稿和日记中几乎不曾提及我和马尔科姆。帕特里夏的解释是:"对于爸爸妈妈,她觉得那种爱是理所当然的……青少年常会这么认为。"

日记中还保存了维多利亚与玛丽在社交媒体上的聊天记录,她们会连续好几个小时互发短信,谈论内心的不安,特别是玛丽会为自己的自残需求寻求帮助。帕特里夏表示:"小维显然明白自己在做什么。和玛丽在一起,她扮演的是顾问的角色,能够给出似乎经过深思熟虑的建议。"我很高兴帕特里夏注意到了这一点。小维的日记中有许多关于自身心理状态的旁白,比如"我真想深深地吞噬自己的情绪,这可能就是所谓的'非灾难性却仍具破坏性的应对机制'。我不饿,也不饱。既不无聊,也不活跃。天晓得,我应该东奔西跑,耗尽体内的三磷酸腺苷①储备,像个活跃的年轻人那样勤奋学习"。在与玛丽的

---

① 三磷酸腺苷(ATP)是生物体内最直接的能量来源。

聊天记录中，维多利亚建议朋友在感到恐慌、想要自残时：

    维琪：有我在呢，坚持住，会过去的。我向你保证，它会过去的。
    玛丽：我做不到。
    维琪：可以的，你可以的。
    玛丽：我没法学习。
    维琪：你比自己想象中的坚强得多。

还有——

    维琪：你感觉还好吗？去拿个冰块。相比之下，这种方法更能分散注意力。然后你直接回来找我。
    玛丽：我想要在乎自己，想要知道这么做不对，但是我做不到。
    维琪：我的做法是把刀片包在写给自己的便条里，放进抽屉，提醒自己这么做是不值得的。还有，亲爱的，你至少拥有一个人，这已经比许多人拥有的多得多了。
    玛丽：我想动手把自己的手臂割开，是不小心割到，不是为了求死，只是想要冷静下来。
    维琪：再也别打算那么做了，天哪，不要。

有件事我不曾和帕特里夏提起，那就是小维在写到自己很想在开学前一晚"彻底"与玛丽"坦诚相见"是什么意思。小维是不是不假思索地向玛丽表达了自己的好感？如果是，玛丽是如何回应的？还是她一直拖到了可怕的新学期开始前的最后一个周末才说？

这我就永远无法得知了，因为我已经再也没有机会向玛丽或她妈妈询问此事。而且我们一直无法解开小维的手机，看到她在最后一晚收发过什么信息。谁也不知道她的密码。三星安卓系统的工作人员告诉我们，要是我们解不开手机，就会失去里面的所有数据。我们一直在给手机充电的原因之一在于，也许有一天某人能够帮我们解开这些谜团。手机就是我们心中被描黑的希望。

早在拿回笔记本电脑之前，我和马尔科姆就知道维多利亚不太确定自己的性取向。对于仍旧处于探索阶段的年轻人来说，这样的情况并不少见。她把自己的心思全都写进了日记，将本子塞在床下，甚至是装满废弃童年玩具的纸板箱底部。我们是从日记中得知此事的，她是从几年前开始用笔书写日记的。三年前，在她刚满十四岁时，她起初还会模仿班上其他女孩的样子，装腔作势地谈论男孩的事情。日记中，小维写到了一部名为《小查与寇弟的游轮生活》的美剧:"我迷恋那个叫寇弟(由科尔·斯普罗斯饰演)的主角,我不明白别的女孩为什么不觉得他是这个世界上最性感、可爱的男人。当然,他扮演的角色是个书呆子,却是个超帅的书呆子。他的角色十分敏感,可爱到爆。如果他在现实生活中真的是这样,我会保留他的海报,每天晚上都亲吻它。"

紧接着,小维暗示了导致她在人际关系方面(也许还有她整个人生)失败的原因:那就是在年仅十四岁时就迫切地需要寻找一个灵魂伴侣。

> 明年,我觉得我已经准备好要找一个合适的男朋友了,一个会发自内心地因为我而喜欢我的男朋友。你是知道的,我觉得自己的第一个男朋友就会是我的灵魂伴侣、未来的丈夫。当然,这种事情发生的概率微乎其微,但那又怎样。我还是会把它加入圣诞节的许愿清单,碰碰运气。此时此刻,我只会远远地迷恋那些男孩,还没有做好准备接受那种承诺。眼下,我觉得自己还没有……准备好。

到了快满十七岁那年,她已经两度单恋同校的女生,却仍旧写道:"好吧,我很困惑。前一分钟我喜欢的还是女孩,下一分钟就变成了男孩。我决定加入网上的'同性恋、双性恋及跨性别者（LGBT）'群体，成为里面的活跃成员。我仍旧是这么想的，仍旧想要和女孩交往。但有一个人可以让我破例——汤姆·霍兰德。我从未真正对电影中的男人动过心，却认真地考虑过要不要和汤姆·霍兰德在一起。这让我很吃惊。现在我困惑的问题在于，我到底是双性恋，还是有机会破例的同性恋？"

紧接着，小维就谈起了同校的一个女孩。"她用一只手臂搂着我时，我忍不住想了一下，也许，只是也许，她对我的喜欢不仅仅是出于友情。不过一想到这点，我就不得不提醒自己，不是这样的，她不会这样的。我必须忍住，那时我真希望她没有搂住我。"

小维还在世时就曾暗示过我们，她觉得女孩很有吸引力。我们并不介意她的性取向是什么。对我们来说，即便她已经十六岁了，却还是个正在寻求自身特性的孩子。我们希望她能感受到，无论她是什么样的人，父母都会支持她。当某个记者朋友邀请我们去一家"另类"夜店参加私人新书发布会时，我们还带上了小维。我们只在角落里待了一会儿，没有喝酒，只想让小维看看LGBT的人群随着音乐的节奏蹦跳起舞、相互拥抱。从某个角度来说，这没什么大不了的。

小维没有过多地说些什么。我现在才明白，对一个青少年来说，和父母一起待在这种地方可能会令她感觉非常尴尬。如今，我为自己没能思虑周全感到恼火，不知道她当时会不会难过。难过，因为她不能直截了当地向我们阐明心中的真实感受，也因为她在生自己的气，因为她关上了心扉，不想让人生的乐趣与未来之类的概念来打扰。

乘坐出租车回家的路上，我和马尔科姆一直在试图与她搭话——"那个穿着舞会礼服的变装皇后，哇"或者"假唱，挺酷的"——但回想起来，即便是在那个时候，我们也能隐约感觉到某种冷漠的暗流——小维正在远离我们。这种大多数青少年都会发短信告诉朋友的事（和爸爸妈妈一起去变装皇后夜店），她甚至根本就没有分享出去。

以同性恋的身份生活在新加坡会引发法律问题，虽然默认不会强制执行，但这里的法律明文规定同性恋是非法行为。小维也曾在日记中写道："更糟糕的是，我是个住在新加坡的同性恋。同性恋行为在这里可能会将你送进大牢。"虽然她不可能被关进监狱，但这表明她知道同性恋是不被我们所处的社会所接受的，甚至是会遭到排斥的。事实上，在我写作这本书的时候，企图自杀在新加坡也属于犯罪行为，但我肯定维多利亚对此一无所知。

我们所处的这个"社会"还包括学校在内，尤其包括辅导员在内。小维去世之后，我们在和学生福利部门开会时曾经与辅导员尴尬地见过一面。我们告诉她，女儿一直在与性别认同的问题做斗争。辅导员一脸狐疑地问："什么，小维，同性恋？不可能！"这可不是你想从指导你孩子未来的人那里听到的答复。你想要的是同情，是少一点评头论足，或者至少是考虑一下主流之外其他选项的可能性。

不管"社会"怎么认为，小维一直都在努力地做自己。她在练习本的页边空白处画了无数颗爱心，里面交织着她和当时爱慕对象的名字，这些空白处还写了无数首单相思的情诗。没有哪个老师就此发表过评论。小维早期心仪的对象之一——我们姑且称她为安娜——是她页边空白中很多白日梦的主题。日记内容显示，安娜是个忠实的日本动漫迷，小维却很讨厌动漫。尽管如此，小维还是努力地去了解动漫，这份爱却并没有得到安娜的回馈。值得称赞的是，小维意识到了这份想要取悦他人的渴望并非是忠于自我，因为她写道："和她在一起，我无法完全做自己。我想和自己能够成为的人，也能够成为我的人做朋友。"

自从学校告知学生家长不要与我们联系以来，安娜是小维的朋友中第一个与我见面的人。有一天我心想，管他呢，我才不要保持沉默，我要主动出击。于是，我在班级联络簿上找到了安娜母亲的电子邮件地址，提出与她和她的女儿见个面。我选择了一处中立的场所——香啡缤在新加坡的众多连锁店之一，找了个可以让我们私下聊天的室外座位。如果安娜感觉不自在，轻易就可以离开。自杀是个很难应对的话题。对于一个失去了朋友的学生来说，我只能想象她的困惑与心碎。与安娜的会面是我第一次在这间咖啡厅约见小维的朋友或他们的母亲，此后我又在这里约见了好几个人。

事实证明，我无须担心这些学生或他们的母亲会在会面的过程中感到沮丧，不得不离席。安娜十分渴望谈论维多利亚，她和小维的其他朋友一样，即便是泪流满面也愿意为我提供帮助，并向维多利亚致敬——这让小维的死变得有意义。

安娜是个才华横溢的音乐家，和小维一起参加了学校的合唱团。坐在咖啡厅的餐桌旁，她做的其中一件好事就是把小维最喜欢的歌手、歌曲、表演家和专辑名称告诉了我——这是一份礼物。小维总是在用手机听歌，我却完全不知道她听的是什么。这份列表既包括电影《壁花少年》原声带之类的青少年音乐，也包括梦龙乐队和酷玩乐队的歌曲，其中还有属于我这代人的几首歌，比如《再见，黄砖路》。

待我和安娜都稍稍放松下来，我提起了自己认为小维可能喜欢她的事情。在学校的一场音乐会上，她们曾站在一起进行合唱表演。在那之后小维就告诉我，安娜对她来说非常特别。当时我并不理解小维想要表达的意思，但自从她死后，我一直都在思考这件事情。在与我的会面中，安娜似乎十分惊讶小维会有这种感觉。我不知自己是否应该提起此事，但我必须要知道。安娜明显停顿了片刻，然后转向她的母亲宣布："老实说，妈妈，我是同性恋，我要出柜了。"母女俩吃惊地面面相觑，脸上都露出了——那是什么表情？是爱吗？还是母女连心？总之，两人咯咯地笑了起来。她的妈妈答了一句"哦，好吧"，语气表明她们稍后会细聊，但她对此没有什么意见。我感觉仿佛小维正与我们围坐在桌旁，笑着说："太好了，太好了。"

三年后，我又给小维的几个朋友发去了电子邮件和信息，试图寻找更多的答案，也想了解小维对她们而言是个什么样的人。

我从安娜那里得知，她们十三四岁时相识于法语课堂，自此就成了朋友。她写道："小维和我算不上是最好的朋友，但一起玩得非常开心，我很喜欢有她陪伴。在音乐方面，我们的品位也很相近。我喜欢和她分享歌曲，谈论艺术之类的话题，我们还一起参加了合唱团与声乐乐团。"按照安娜的说法，维多利亚在她身旁显然十分活跃，但在学校的集体活动中却保持沉默。"我还记得有一次，在九年级的游泳嘉年华会上，比赛因为雷雨的原因不得不中断。于是老师让我们随着流行歌曲跳舞，等待暴风雨过去。当小维从看台上走下来、加入舞蹈的人群中时，我吃了一惊。我还记得自己不可置信地叫了她一声：'维多利亚？'她翻了个白眼答道：'我可没有那么内向。'"

有了这样的"后见之明"，在谈到维多利亚认为自己有可能是同性恋时，安娜说："我不知道……我好生自己的气。因为长期以来有那么多明显的迹象，何况我们朋友圈里的人大部分都不是直男、直女。虽然我们当时没有公开过自己的性取向，但肯定会公开对他们表示支持。

"我根本不知道她喜欢我。老实说，即便是现在，我也想不起她曾在什么时候哪怕是以最含蓄的方式暗示过她喜欢我。如今，知道这段感情持续了这么久，我想有些事情回想起来是可以被看作'有可能的暗示'。不过老实说，我什么也想不出来。要是我知道她一直在为自己的性取向挣扎，很多事情我就会采取不同的方式，只是为了确保她能明白，这丝毫不会让我感觉不舒服。"

我还问过小维的另一个朋友汉娜，她知不知道小维是同性恋。性格外向、宽容善良的汉娜曾是学校里的级长，如今她已经二十一岁，在澳大利亚的大学里读书。她在信中写道："出于某种原因,我感觉她告诉过我。回想起来,这群朋友中有两三个都很有可能是同性恋或双性恋之类的,所以这并不奇怪。他们总是开玩笑说,我是'象征性的异性恋',完全打破了电影中常见的'象征性同性恋'的刻板印象。我觉得她对自己的性取向不太坦诚,但我感觉我知道。"

为什么最终玛丽成了那个令她神魂颠倒的人?汉娜并不知情。"玛丽是个身材娇小的姑娘……似乎总要依附着某个人。我来的时候那个人是 X,但她读完十年级就离开了,所以那个角色肯定是后来才慢慢变成小维的。"

但我必须承认,玛丽给予了维多利亚爱、关注与理解。小维在日记中为玛丽留下了这样一条信息:

(留待毕业后寄出)

好吧,我真的不擅长这种故作多情、你侬我侬的事情,但既然我不知道何时还能再见到你,我觉得不妨一试,还想试着用些花哨的词。这一别可能是五年(如果我们中的任何一个人在大学期间/毕业后遇到了生存危机,需要对方飞过去把她带回现实)。可能是十年(你结婚之前肯定需要有人给你举办一场精彩的单身女子派对)。或者是五十年(如果我们老了之后孤身一人,成了脾气暴躁、牵着小猫/小狗的老太太,需要有人陪着喝杯茶或龙舌兰酒）。

  我首先要说，亲爱的，如果没有你，我真的不知该如何是好。感谢你加入我们的小团体，成为粉圈女孩社团的一员（和我一样热爱《指环王》和《星运里的错》）。感谢你成为我的生物课/商业课搭档，感谢你与我聊天，感谢你的聆听。管他的，感谢你一直在呼吸。

  我永远不会忘记，我们曾一边试着烤精灵面包，一边声嘶力竭地大唱《他们要把霍比特人带去艾辛格》。我永远不会忘记，我们曾在凌晨四点睡在用你的床单搭建的一座堡垒中（虽然没有成功）。我不会忘记，午夜时分，我们曾在诚实健身房（超赞的传声效果加持下）高歌。我不会忘记，午夜时分，我们也曾在这间健身房里聊起各种自己害怕提及的话题。我不知道你是怎么想的，但那些夜晚将永远是我一生中最不羁的时光。

爱你的，

普林格尔/生气鬼/斯凯/云朵/独一无二的维琪

  我还联系到了维多利亚的另一个朋友索菲。认识维多利亚那年她十四岁，第二年两人便成了密友。索菲写道："维多利亚在十年级时曾发短信告诉我，她觉得自己很有可能是双性恋。但大约十一年级时，她又对我出柜，称自己是同性恋，还计划向我们朋友圈里的其他人坦白。"

在索菲的帮助下,通过她对二人的友情有何意义的评论,我对维多利亚有了更加深入的了解。

她活力四射,永远都会为朋友伸出援手,也永远都愿意聆听他人、提供最有力的支持,她就是我们这个朋友圈的黏合剂。维多利亚——尤其是在她十年级那年——对我敞开了心扉,和我在一起时变得更加自信,还会与我分享一切令她不安的事情。在她的帮助下,我解决了十年级那年遇到的许多问题,也因为我们的友谊有了许多美好的回忆。但我希望她能像我们独处时那样自信、快乐地做自己。因为身边有其他人时,她就不那么自信了。我还记得她曾说过,在某些特定的场合,如果有许多人在场,她就很难做到合群和自信。我还想让她知道,她对我、对很多人而言是个多么优秀的人、多么真挚的朋友,也希望她能够看到自己有多聪慧。

我记得维多利亚生命最后几个月的某天,我们在新加坡的公寓收到了一个亚马逊公司寄来的包裹。包裹是寄给她的,里面装着一双军装风的棕色系带皮靴。这双靴子一点也不优雅,是用来踩着穿的马丁靴。小维穿上它,搭配紧身牛仔裤和一头金色的长发，看起来非常时髦。可出于某种原因，我暴跳如雷，说它完全不适合新加坡这种气候炎热湿润的国家，还问她打算穿着这种鞋子去哪儿？我看了看价签——你把攒下来的零用钱全都花在了一双你连穿都不会穿的靴子上——说了些唠唠叨叨的妈妈才会说的话。我想许多家长都遇到过类似的情况。

　　回想起自己的长篇大论，一切仿佛昨天般历历在目。我为什么不能干脆顺其自然呢？我猜在我的潜意识里，靴子明确地代表了"女同性恋"。尽管我对此没有意见，情感上却似乎并未做好接受的准备。此时此刻，我多么希望能够拥抱维多利亚，说她穿着那双马丁靴有多好看。帕特里夏告诉过我，所有家长都会有这样的悔恨。但我心里惦记的是小维有多受伤，没有任何借口、安慰。我不知道那双靴子现在在什么地方，但我还留着小维死后我在她的衣橱里找到的那件红黄相间的短夹克衫，它和她常穿的那种轻薄花朵衬衫截然不同。我会确保衣服不会沾上蛾子或霉菌，不时将它从衣架上取下来，用一只袖子围住自己的脸庞，用脸颊去蹭那些粗糙的纤维，告诉小维，我会永远将它珍藏。

二十五

差异

嗯，C老师（学校辅导员）知道我会自残。我从没想过她能猜到。谢天谢地，她还没有告诉他们。我简要回顾了27日发生的事情，当然，完全没有提起死亡。我解释称，那种感觉就像是心中绝望的念头已经失控，让我想要逃离。她以为我说的是刀子，但我说的是死亡。

——摘自小维2014年3月9日的日记

在维多利亚的笔记本电脑中发现的日记也充分解释了学校进行心理辅导时发生了什么，日记中多处提到C老师的心理辅导，但我们没法证明她写的事情真正发生过。

此事之所以重要，是因为我们最终看到了学校的各项咨询记录，其中却没有一份表明辅导员认定小维当时有过自残行为。但维多利亚在3月9日的日记中提到了这一点，也就是她去世前的一个月。

学校的咨询记录涵盖了两年多来有关维多利亚以及她接受多名或一名老师（人数我不清楚）辅导的内部信息。（我们没有拿到小维十年级时的任何记录，也没有见到当时的辅导员团队。那时候，收到任何来自学校的信息都会令我不知所措，以至于根本没有注意到这一点。）在这两年的记录中，最初的内容还包含几封内容含糊的电子邮件，提到辅导员组织过一场教师会议。令人感到担忧的是，她在邮件中表示维多利亚的话题过于敏感，不能通过电子邮件传达。我们做家长的却从未听说过此事。在开会讨论完这个"过于敏感"的话题后，辅导员在给另一名学生福利部门负责人的电子邮件中声称："我会继续辅导维多利亚。"当我把这件事告诉私人诊所的外部顾问、分享了相关文件后，他们却指出，在那之后的十五个月中都没有任何的档案记录。如果 C 老师还在继续辅导维多利亚，为什么会没有档案记录呢？

更糟糕的是，没有人进行过风险评估。

现在我才明白，这两年的档案记录和电子邮件中都没有提及 2006 年 3 月的一份心理评估报告。我们曾把报告的副本提交给学校，并和当时的辅导员进行了讨论。报告内容表明，小维的注意力缺陷障碍指数高于平均水平，属于注意力不集中类型，不是冲动类型。报告还提到，主体身上发现了非典型水平的完美主义思想，以及一定程度的害羞－焦虑行为和躯体症状倾向。也就是说，有些人会对疼痛或疲惫等身体症状感到极度焦虑。在我们这种无知的家长看来，这份报告着实令人感到困惑，结论提到，尽管小维"在数字运算测试中存在极大障碍，但几乎没有迹象表明她存在某种特定的残疾"。正是这最后一部分让我们以为，她的问题看起来并不严重。当时的辅导员还向我们保证，这条重要的信息会被传达给每个学年的新老师。

与我交谈的外部顾问还指出，小维的在校辅导文件中应该还有一份记录，提到她曾在2008年经时任学校辅导员的个人推荐而接受了校外心理师辅导，以解决拔毛癖或强迫性拔毛问题。我联系了那位心理师的诊所，他们允许我查看当时的记录，以便核实。拔毛问题发生在小维十一二岁的时候。当时她在学校的第一个"永远的好朋友"——一个很受欢迎的"酷小孩"——抛弃了她。这个女孩就是在小维的葬礼上哭泣的那个级长。小维伤心欲绝，开始动手拔自己的头发、眉毛和眼睫毛。美国梅约诊所将拔毛癖形容为"一种精神障碍，会反复出现，尽管试图停手，却无法抗拒将头皮、眉毛或身体其他部位的毛发拔除的冲动"。该症状常发于十到十三岁之间，是对抗压力、焦虑和紧张等消极或不安情绪的一种方法。梅约诊所表示，这种行为能够带来解脱与满足感，被认为是由遗传和环境因素共同造成的。

我现在懂了，强迫性拔毛行为本身就是一种自残。当时我虽然既害怕又惊恐，却以为这就是一个阶段，完全不知道撕扯毛发会有什么可怕的后果，也不知道这意味着什么。

不过至少我尽职尽责地将小维送去了新加坡的一家外国咨询中心，这家机构主要服务于侨民。我们作为家长并没有参与咨询，而是在诊疗室外焦急又充满希望地等待着。我通过了解得知，咨询过程包括画出自己与他人的关系图、通过认知行为方法打破功能障碍的模式。小维似乎康复了——她不再揪头发了。身为父母，你想要的只是情况能够得到改善，生活能够得以继续。我对小维到底有多失常一无所知，她一直都是个可爱、风趣、优秀的孩子——正如"悲伤顾问"帕特里夏后来告诉我的："你看到的都是自己想要看到的东西。"

2012年前后，小维就读的学校被转手出售。新的学校所有者带来了自己的人马，还进行了新的任命。但小维死后我们才震惊地发现，一些至关重要的信息并没有被传递给新的辅导员和老师。

当我通过电子邮件询问维多利亚的朋友是否知道她患有注意力缺陷障碍时，十四岁便与同龄的小维相识的索菲表示："我不知道她有过任何学习上的问题，或是存在注意力缺陷障碍。老实说，我记得她是个出色的作者，对写作充满热情。"

我和马尔科姆咨询了一位律师。对方告诉我们，针对任何可能的照料义务过失，没有法律诉讼的先例。即便这样的先例存在，也不值得通过法庭来追究，因为这会造成毁灭性的情感损失。这并不是我们希望听到的，却也明白这是个明智的建议。

维多利亚去世后，我们担心她的同学可能得不到建议和辅导，却无能为力。我们已经筋疲力尽、伤心欲绝。教皇方济各[①]在一份关于幸福的建议清单中说过："待人宽如待己。"此话令我深受启发。我们决定专注于与学校建立友好关系，并讨论了以维多利亚的名字建立一个年度奖项——"原创写作奖"。学校表示还可以为此张贴图片和纪念匾。

我们也问过一些老师是否愿意分享几段轶事或回忆。我们不能直接询问他们，因为发给老师的任何电子邮件都会被直接转给校长、校长助理或副校长。最终校长办公室发来了一份轶事目录，我们努力从中寻找着安慰。一位老师用动人的笔触写道："有的时候，老师很难记住那些安静的学生。但英语老师永远不会忘记会写作的人，维多利亚就是一个会写作的人。我将教室的某个角落布置成了作家角，将学生的优秀创意作品放

---

① 教皇方济各（Pope Francis，1936—　），出生于阿根廷布宜诺斯艾利斯，天主教第266任教皇。——编者注

在那里。我告诉学生,他们的文字在毕业后也会被长久地留存下来,激励后辈。维多利亚的作品就在那里。"

这样的话语暂时转移了我们的注意力,但令人不快的事实不会消失。我们必须去面对:小维笔记本电脑里的日记内容与学校辅导档案的描述截然不同。当然,就算要诉诸法律、对簿公堂,我们也无法证明小维的叙述才是真实的。

她在自己去世前的一个月零一天写道:

> 打算告诉 C 老师的一些话……我想要重新独立;我不断地萌生那个念头;治好我吧,求求你治好我吧,否则我就活不下去了。

至于 C 老师,据我们所知,自从她在小维去世后来过我家一趟,一个月后又参加了那场难熬的公司式会议,此后就再也没有联系过我们。

我在维多利亚的电脑里找到一首无题诗:

> 红着眼睛,噙着泪水,化作化石,
> 我几乎心如止水。
> 不安地接受死亡。

终结。

如释重负。

没有什么能够腐蚀你的头脑。

不再有声音能够啃噬

蛛丝般的思绪

如蚕吞咽食物,

一片一片,

直到一无所有

只剩空洞的缺口。

蚕饥饿难耐。

你却未施一丝养分。

没有播撒的种子,等待发芽

催化下开出的花朵

化作源泉

却已然干涸

你的双眼,永远饱含泪水。

你无助得如同腐烂的树叶。

起风了。

你随风而逝。

她去世后近一年,也就是来年的1月——高中毕业考试结果公布的那个星期（要是维多利亚还活着，也会参加这个考试），我们得知一个噩耗，和小维同班的一个男孩突然去世了。当时他已经结束十二年级的考试、离开学校，严格来说不再是学校的学生了。但这样的巧合还是令人震惊。

我看了一年前的2月拍摄的班级照片。小维和那个男孩站在同一排，中间只隔了一个学生，两人都用充满稚气与期待的脸庞凝视着前方的未来。然而十一个月后，他们都离开了人世。

我和马尔科姆想了解更多的情况，于是去拜访校长。维多利亚不喜欢的那位前任校长离职后，一个身材圆胖、个子矮小、满脸虚伪微笑的男人成了他的继任者。他和蔼可亲，十分健谈，但说起话来含糊其词。我一走进他的办公室，就察觉到了这一点，心里非常不安。我想要的只是开诚布公。一开始他告诉我们，男孩是在胡乱摆弄重型机械时坠亡的。最终，在我鼓足勇气问了他好几遍之后，他才承认男孩的死因有好几个版本。这就是我能打探出的全部消息，我们垂头丧气地离开了。

几个月后，我和男孩的母亲见了面。与她取得联系对我来说并不容易，我不想在她沉浸于丧子之痛时前去叨扰，也不想因为别人的失去而陷入新的悲伤。但我需要去了解，不能不予理睬。

我得知，男孩和小维一样存在注意力方面的障碍，还接受过同一名辅导员的辅导。不过与我们不同,他的父母全程参与了辅导过程。男孩不是小维的朋友,但两人同校多年,互相认识,还一起上过艺术和戏剧课程。

在那个被泪水淹没的下午,这位母亲慷慨地分享了有关儿子的记忆和自己对他的爱。她证实——和我的女儿一样——他也是自杀而亡的。

二十六

霸凌

我可能活不过今年了,拿到成绩我就知道了。我要不就会高兴地跳起来,要不就会从这栋公寓的楼顶上跳下去。

——摘自小维的日记

小维的考试结果怎么样,在返校的第一周令她如此害怕领取的那个结果?包括高阶英语在内,她有三门功课的通过率在百分之六七十。不过她在英语考试期间曾经爆发过恐慌症。小维的英语老师性格和善,发自内心地在乎她,十分认可她的写作天赋。事情的经过正是这位老师告诉我的:考试进行到一半时,学生就要上交一部分答卷。但小维误把所有的卷子都交了上去,又难堪得不敢上去找监考官要回考卷。就这样,她如坐针毡地挨过了考试的最后一个小时,最终利用最后几分钟在一小片白纸上写下了创意写作的内容。后来老师好心地为这张纸打了分。如今，一想到维多利亚承受着巨大的压力坐在那里，却无法开口求助，我就感到心痛。

小维的商业研究课和历史课勉强通过。到了期末考试的时候，只要再多学习一下，她就很有可能通过。只有生物课的成绩不太好，只拿到百分之三十的分数，但她期末考试的时候多半会轻易放弃这门课程。

三年后，我给她的朋友安娜发了封电子邮件，询问小维为何觉得学校那么糟糕。安娜在回信中表示，这无法归结为一件具体的事情，但如果可以，那就是学校在有意或无意地培养不正当竞争，令她恨之入骨。在她读十一年级至十二年级期间，这才真正开始成为问题。"有时我们会比较彼此的成绩。如果她的成绩稍微差一点，就会感到尴尬和沮丧。"安娜说，"讽刺的是（这话我和她说过好几次），她的成绩还不错。她难过的是她拿到百分之八十，而我拿到百分之八十二。其实我不是一直都比她考得好，尤其是英语。"

维多利亚写过几篇有关学校老师的日记。比方说，我无意中在她的英语练习册上读到这样一段话，隐藏在《独白：第3幕，第1场，64—98行。哈姆雷特探索世界的哲学本质》的

/ 193

标题下：

　　这个老师属于那种心胸狭窄的人，看世界就像看报纸一样。他说自己住在一个名叫威尔斯的城市里，我点了点头。有一首歌就叫《威尔斯》，我应该去查查。我点了点头。"我不需要这个。"我在心里说。但生活总会给你——你觉得自己不需要的东西。"那我就不打扰你们学习了。"他不屑一顾地说。有的人笑了。我也摆出一张笑脸，一句话也没说。

还有一本软封皮的手写日记，可能是小维从十六岁起开始写的：

　　我的年级教室老师为我的报告打了分，她显然被打动了，同时也很震惊，因为我在教室里不怎么说话，但据她所言，我的报告非常优秀。我真不明白这有什么好大惊小怪的，我所做的就是大声地把话说出来。总之，她让我不要害羞。
　　听到别人说出这种话，我就会非常生气，我的身上可没有什么"闭嘴"的开关。这就像是，你无法让一个外向的人不要自信。"害羞"属于一种刻板印象。社交会令我感到焦虑，意味着我不会在课堂讨论中举手，也讨厌全班同学都不知道答案时，我却知道答案。我很想说出来，心里的某种东西却让我不要那么做。相信我，只要我能开口，我会说的。

下面这段话来自小维的笔记本电脑。小维死后两年左右，我在愤怒与绝望中将这段话发给了文中提到的那名老师（他很震惊。说句公道话，他给我发过一张我从未见过的照片，是小维参加学校赴越南的夏令营时拍摄的。我很重视他的这种表态）：

我们今天上了艺术课。我不喜欢 X 老师，但今年剩下的时间我都得忍受他。他就像个在淡粉色领带伪装下的少管所教官，更别提平易近人了。他不喜欢我，因为我不是优等生，也不喜欢参与课堂。话说回来，这真是莫大的讽刺，因为我曾经十分热爱艺术，艺术也是我成绩最好的一门课。显然，他每过几周就想审问我们每个人，检查我们的作品进展如何。我要探索的是某种"障碍"，不想给他上什么"社交焦虑入门课"。这是我的私事。

当我向小维的朋友索菲问起学校的事时，她的答案让我想到,那个在葬礼上哭泣的级长正是排挤我女儿的"酷小孩"之一。索菲说:"年级中受欢迎的人要不就取笑她,要不就对她评头论足,或是散播有关我们这个圈子里所有人的谣言,因为我们的圈子和主流'派系'不是那么紧密。"

如果这是真的,我倒是第一次听说——竟会有学生取笑维多利亚。这再一次伤透了我的心。但至少我对她的经历有了更多的了解。

小维并没有在日记中直接提到过别的学生贬低她的事情,却给人一种强烈的感觉:她总是被排斥在外,无法融入其中。我只在一本手写的日记中看到过一条有关霸凌的内容:

2012年9月8日,星期四,代数课

趁H老师不注意,我想把这件事情记下来。我不明白黑板上的问题是什么,但回家后会和我的数学家教一起研究……嘿!我这才想起,这个学期只剩下十一天了!我只想离开学校。其实我的学校并不差,没有人嗑药或酗酒,没有人会被打得屁滚尿流。和做局外人相比,被霸凌反而更糟。但这会害你被孤立,我是说,做局外人。被霸凌也一样。

维多利亚从没向我们提起过她被人欺负的事情——如果真

有此事，她很有可能为自己的处境感到难堪。我怀疑我们亲爱的女儿也想保护我们不受伤害，她错误地将自己的问题看成父母在忙碌的生活中需要承受的另一个"负担"。日记中的这段话是她唯一的一次直接提起霸凌。三年后，我从与她同班的艾莉·卡尔森那里了解到了更多的情况。艾莉参加的是更受重视的国际中学毕业会考，不是小维参加的高中毕业考试。经过艾莉的书面同意，我引用了她的全名。她告诉我：

很不幸，霸凌并不少见。我还找过好几位老师，告诉他们涉事的问题人员有谁。维琪的那群朋友为人真的都很和善，但我知道他们是许多污言秽语的目标，后来他们整个圈子都被"捆绑"在了一起。我知道许多参加高中毕业考试的孩子都很恶毒、排外。

艾莉还允许我引用我们在聊天软件中的对话：

我：谢谢，这帮了我很大的忙。我一直很想知道小维死后为什么没有任何父母联系我。学校－家庭联系员毫不在乎，连花都不曾送过。我现在才意识到，他们可能感觉很内疚。

艾莉：她的儿子就是言语攻击背后的"主犯"之一——

她无话可说，我一点也不吃惊。

我：我猜我只想要个例子说明他们做了什么，他们会取笑她不能大声说话吗？

艾莉：他们更多的是利用这一点，口出恶言。由于她不会反驳，所以他们总是可以逃脱惩罚。X老师本该帮助我们年级的每个人，他在这群学生里也有自己最喜欢的人……如果一定要说，维琪可能觉得这对其他人来说没什么大不了的，因为学校并不重视这种事情。

我：被人欺负会给你带来什么影响？他们对你做过什么？

艾莉：他们对我的朋友也做过类似的事情——起外号，"梦之队"就是其中之一。我给学校所有的领导都写过电子邮件，要求他们介入，但他们全都让我就此罢休。

针对那个男孩在毕业后自杀的事情，艾莉表示：

他和那些欺负人的家伙是朋友。我想，他为了坚持与他们为伍，可能一直在和抑郁症做斗争。

艾莉的回复令人震惊，因为如果她的话当真（我还无法从其他各方进行核实），这就是一条全新的资讯。它让我对小维的处境有了更深的理解,也帮我找到了更真实的叙述。在得知此事之前,我将大部分责任都归咎在自己身上,怪我是个糟糕的母亲(随便你怎么形容)。但随着时间的流逝,小维曾经的同学(比如艾莉)逐渐成熟,为我提供了我想知道的信息。得知艾莉曾经奋起反抗,我备受鼓舞,为小维的朋友们显然深爱着她而感到安慰。他们理解并支持她,却被学校体系辜负了。

艾莉:我很喜欢我的课程——参加国际中学会考的人都更和善一些,情况没那么糟糕。可能我会避免坐在楼下,午饭之类的时间,我和朋友们都坐在教室里。

我:我觉得维琪也是这么做的。

艾莉:是啊,那些"酷小孩"霸占了用餐区。下楼会让人感觉孤立无援,那里充斥着一种有毒的氛围,我还找过学校的辅导员。她会对老师的行为或学生抱怨两句,却什么也做不了。

每个学校都会有受欢迎的孩子和遭排挤的孩子。但我认为大部分学校一旦收到学生给校领导的投诉,就会采取行动。什么样的老师会去挑维多利亚这种存在注意力缺陷障碍、无法大声讲话的孩子的毛病呢?一个显然对学习障碍一无所知的人,一个缺乏同情心的人,一个满心渴望被那群受欢迎的孩子爱戴的人。所以这样的老师肯定也是缺乏安全感的。我以为到头来他的上司会痛斥他的这些不足，但并没有，那个老师去另一所海外贵族私立学校谋得了一个职位。

我想知道，正如别人告诉我的那样，霸凌的另一个因素是不是学生在学校里的地位意识。必须承认的是，这种意识是家长灌输给他们的。我和马尔科姆并没有在那种环境中被社会认可、可以拿出来炫耀的东西：我们没有车，没有豪华公寓，也没有在跨国公司中从事什么成功的国际事业。

所以我们是无法融入其中的。但新加坡的公立学校系统也不曾真正地向我们开放，它面向的是本地孩子和新加坡的特殊需求，这是可以理解的。该系统着重强调的其中一方面是应试成功，尤其是科学与数学学科。外国人寻求的则是全面发展的教育，不要等级分明、按能力划分高低班，或者不需要他们掏上一大笔钱。利用这一点，众多私立学校迅速涌现。外国人除了将孩子送去这里，几乎别无选择。

对于许多薪资中涵盖学费的侨民来说，私立学校是他们生活方式中不可避免的一部分。但对我们而言，支付学费实属不易，因为我们是按当地人的条件受雇的。我们之所以会来到这里，是因为新西兰的媒体行业经历了重大整合，没什么工作机会。

对我们这种"非侨民"来说，入读私立学校会带来一系列让人丢脸的事情。澳大利亚人的妻子们拉帮结派，喜欢和自己的"同胞"聚在一起。这里的许多民族又何尝不是如此呢？按照她们的说法，自己是来新加坡享乐的，一到晚上就会和三五密友前往市中心的酒吧，或是飞去度假村过夜。小维年满十四岁后，学校我是能不去就不去，好避开那些衣着华丽、穿着拖地长裙的性感妈妈，还有她们吵吵嚷嚷、自信满满的孩子。为了自己私密小团体的安全，她们很容易把我这种局外人（重视思想而非工资水平；重视读书和阅读，而非坐在商务舱休息室里给社交媒体准备的自拍照）当作怪人来取笑或当众羞辱。

有一次，我在某个炎热的下午换了两趟公交车才从公司赶到学校，浑身大汗淋漓。小维同班同学的母亲把我拉到主走廊旁的家长休息室说："别告诉我，你是坐公交车来的。我是首席执行官的妻子，我来这里可不是想和你这种人打交道的。"事后回想起来，我不敢相信有人竟能说出如此没有意义且恶毒的话。但当时的我旅途劳顿，等我反应过来时，她已经走了。

可能是因为我本身缺乏安全感，因此看不出她们的生活有什么不愉快的现实，会导致一个人如此苛待他人。说不定她们也有自己的孤独与挫折，所以看似美好的生活也无法补偿。但家长会的那个晚上，在学校的走廊里，她们将我拒之门外，仿佛我是一个弃儿。反过来，她们的孩子也在苛待维多利亚，那些孩子也许出于从众心态，并且察觉到了她的脆弱吧。

至于维多利亚在学校里为何会成为学生福利团队的漏网之鱼，得不到她需要的帮助，我过了好久才终于对这一切有了理性的解释。私立学校就如同一个大型的企业，和企业一样，这里拥有优秀的雇员（老师和其他员工），他们富于感召力，拥有你希望能够帮助孩子学习的人所应具备的一切。但和任何企业一样，这里也有某些员工属于薄弱环节，偶尔会暴露自己，C老师就是这种人。可能还有那个本该为有需要的孩子提供帮助的老师——虽然他已经成年，却还是渴望受欢迎的孩子给予他认可。

我和帕特里夏聊了聊，希望她能从私人诊所顾问的经验出发，表达自己的看法。她遗憾地总结称，维多利亚的顾问缺乏经验，似乎并没有制订安全计划。她指出，鉴于谁也没有机会看到完整的记录，我们将永远无法真正知晓小维说过什么。她继续解释道，顾问在遇到某个问诊的人怀有寻死的念头时，通常都会进行风险评估。他们是否试过自杀或自残？他们有没有计划？这种感觉的出现有多频繁？如果认定他们有可能经常产生自杀的念头，就要制订一个安全计划。

把计划写进记录里，让他们签字，再将副本交给他们。这就相当于一份合同，约定他们不能做出任何伤害自己或他人的事情。他们还要明确两个人的联系方式，在做出任何轻率之举前与这两个人取得联系。注意，这份"合同"的副本是要存进顾问的档案记录中的。如果他们不同意，顾问就不能允许他们离开，因为这违反了顾问的道德准则。事实上，如果顾问有理由相信客户会伤害自己或他人，就必须进行干预——这是大多数从业者的道德准则。

我们从学校那里收到的档案记录中没有一份配备了安全计划。

能为这一切做出合理的解释，是件好事。但我觉得维多利亚是不会高兴的，毕竟她已经不在了。我想我也有理由不去理性地解决这些问题。

终有一天，我要找出那些最横行霸道的家伙的母亲（我知道她们的名字）。我想要问问她们知不知道此事，她们的孩子在促使维多利亚寻死、让我们的生活陷入无法挽回的绝境后是否还开心得起来？我不会用生气的方式去问，我不会变得歇斯底里。但我觉得她们必须去面对、去经历我正在经历的一切。即便这样做不会带来任何实质性的结果，我还是觉得让她们负起责任是件好事。

但这还是太谨慎、太理智了。我想做个充满怨念的失独者。痛失亲友的人注定是温驯的，轻轻松松就能被死亡打败。他们总是能够得到安慰，总是在寻求一个能够依靠的肩膀，总是坚忍而崇高,带着尊严生活下去。这就是世界对他们的期待。我希望自己能以"失去女儿的邪恶母亲"的身份重归小维的葬礼,强迫他们目睹赤裸裸的悲伤,并且毫无节制地恸哭。疯狂的吉尔从悲伤的盒子里蹦了出来[1]。

我看到自己穿着红色的迷你裙,昂首阔步地走进殡仪馆,浓妆艳抹,脸上蹭着一道猩红色的口红印,梳着骇人的蜂窝状发型。我站上讲台,让在场的所有人都去死,然后伸手指向那些身穿校服、尴尬地坐在靠背长凳上的霸道级长,控告他们谋杀。我又指向了家长和老师,大喊他们的双手沾满了鲜血,他们浮浅的价值观是对人性的嘲弄。说罢我放声尖叫、号啕大哭着跳进棺材,躺在维多利亚身旁,把那些父亲吓得目瞪口呆。在被他们拖出棺材时,我还在咆哮、踢踹、撕咬。他们用尽蛮力来对抗我的疯狂,同时努力避免碰到尸体。

试着忘掉那个画面吧。

---

[1] 原文为 The maniacal Jill springing out of the grief-box。"盒子里的杰克"(Jack-in-the-box)指的是一种玩具,打开盒盖后,里面的玩偶会弹射而出,给人以惊吓。在流行文化中,吉尔通常被认为是杰克的女伴,这对名字经常出现在各种英文歌谣或顺口溜中。"疯狂的吉尔"是一个新词,在这里,作者将悲痛欲绝的自己比作从悲伤的盒子里蹦出来的吉尔。

二十七

凝视深渊

我不愿接受笔记本电脑上的日记就是我找回维多利亚的唯一希望。当我站在另一个世界的门槛上时,一抹黑暗开始进入我悲伤的内心。在它的吸引下,我爬上她去世地点附近的山丘,独自散步,追随她最后的脚步。我的余光瞥到了一个阴影,那个阴影很小,呈梯形,完全是黑色的,在我的视野中飞快地移动着。当我转过身时,它就消失了。我感觉它像是不怀好意,想要将我吞噬。

我发现自己又回到了小维纵身一跃的地方。和她去世后一个多月那次不同,没有什么声音指引我来到这里。在那之后,我回来过好几次。渐渐地,随着几个月变成了一年或更久,我已经不再期待任何振奋人心的消息了。但我还是去了。我开始心跳加快,想要转身离开,但某种东西在吸引我前进——如今我已经有了进一步探求她死因的力量。搭上电梯,我来到十层，想象着小维也曾做过按下电梯按钮这么稀松平常的事情。她有没有在电梯的镜子里注视自己的影子，捋捋头发，比着口型对自己说"再见"？我走到了一个地方，她肯定就是从这里跳下去的。

我这才发现，她去的地方并不是楼顶，而是公寓最高一层的公共区。严格来说，由于最下面的两层属于地库，这里应该是八层而非十层。小维在计算时肯定没把地库的因素也考虑进去，说不定只是看了电梯里的楼层表（又是数学问题！她充满创意与文学思想的头脑一碰到数学问题就会犯难）。从这么低的高度跳下去，或多或少是无法保证瞬间就死亡的。公共区的其中一部分是条带栏杆的横梁。我低头望着铺着瓷砖的公寓楼入口和一楼的停车场。也许对维多利亚来说，这就像是在山顶上俯瞰一个看似微不足道的世界。我想，只有特别的人才能在这个高度上从容地行走，还想往上爬，再往上爬。这上面的空气都是不一样的，更纯净，思绪可以飘飘然徐徐上升。

这不是我的世界。我被吸引到边缘，只是因为我在抗拒。风呼啸而过，我心神不宁，无法平静。但我还是找到了一些安慰，因为某个好心人在这里留下了一枝人造红玫瑰，想必是送给维多利亚的。它系着一根绳子，就在我女儿最后一次俯身待过的地方。

我想象着小维脱掉闪亮的人字拖，将手机整齐地放在旁边——直到最后一刻,也要干净利落。我从边缘向下望去,默数十秒——每一秒代表一层楼——很快,我意识到我该数第八秒了。八秒比我想象得更短,也更突然。我不知道做出决定和行动的那一刻是怎样的。是什么最后的冲动让维多利亚不仅放手下坠,还设法精确地落在了脚下那一小片瓷砖地上。任何向左或向右的偏离都有可能致使她落在车上,或是穿过大楼支柱旁的缝隙、摔进地下室的区域。我惊叹于她是如何做到仰面着地、完好地保存了自己可爱的面容的。

她有没有改变主意、绝望地试图伸出手阻止自己下坠?混凝土一侧的下方有道划痕。还是说她为了确保能够准确地落在瓷砖地上,推开墙壁才留下了这道痕迹?她就是这样摔断脖子的吗?

我低头看了看那些浅黄色的小方砖——它们是那样遥远,却不太遥远——努力想象着孤身一人、粉身碎骨地躺在那里是什么感觉。孩子不应该孤独地死去。

即便到了现在,我也依旧想要陪在死去的女儿身旁。我强迫自己去感受小维"啪"的一声重重地摔在瓷砖混凝土上,骨头和器官都摔得粉碎。一刻不得安宁,飞快运转的大脑外包裹着的头骨,如同鸡蛋般碎裂。她有没有尖叫、呻吟、喘息或是呼喊妈妈?她有没有像个悔不当初的青少年那样骂上一句"哦,糟糕"?我想她可能发出过尖叫。附近的香灰莉树林中,

/ 207

有没有哪只受惊的翠鸟曾尖叫着回应？那是不是她听到的最后一个声音？她有没有摸到鲜血？有没有感受到瞬间或片刻的疼痛？

或许在整个过程中，坠落本身并不重要？我记得那天早上醒来，以为维多利亚在梦中对我说"我自由了，我自由了"。难道那是一个灵魂在出窍，想要告诉我维多利亚的元神已经自由，摆脱了肉身在尘世间的恐惧？我低头看了看，还是无法理解。但至少我试过和她一起坠落了。

二十八

分裂

小维曾经默默地排练过这个过程。

她在笔记本电脑的日记里写过这样一个短篇故事（2014年3月19日，创建于2月18日）：

分裂

作者：维多利亚·麦克劳德

她从我的身边掠过：一个包裹着我意识的影子，一个紧紧地抓住黑暗不放的虚弱生物。只有在死亡的前景实实在在地可控的情况下，她才能存活。自杀是为她带来安慰的盖毯，我则是她的主人。她的耳语如同病毒，侵入我的思绪，操纵它们，命令它们服从她的行动。我投降。我让自己的缺陷变成了失去平衡的支点，太过偏斜，无法回归中心。

我在坠落。

她就是我。

我是个无足轻重的人，微不足道的认知、无能、虚伪。我心知肚明，什么也改变不了我的想法，什么也不行。我任思绪如不安分的波浪，一个个翻滚，一个个碰撞，一个个拍案，碎成白色的泡沫，消散不见。后撤、成形、自我调整，周而复始，我需要这么做。

但我无法振作精神，我瘫痪了。要是我就坐以待毙、任其腐烂，会怎么样？这个念头挥之不去。我坐在这里，沉浸在自己萌生的念头中，它们如今已被钝刀蚀刻在我大脑的画布上。

我想象着从边缘向下望，地面很近，但我不知道是否足够近。你能让思想战胜本能吗？我别无选择。思想拥有能将你摧毁的力量，我突然有了一股预见的冲动。我站上横梁，心脏疯狂地跳动，还完好无损的身体颤抖得像片树叶——我从未感受过比这更可怕的恐惧。这不是恐惧，是肾上腺素。这一刻过去时，我缓慢地吸气、吐气。我没有遗言，没有遗书，只有一段祈祷。我第一次，也是最后一次向那个无形的神明祈祷：让我去死。

我将忘记身上的骨头会碎，心脏会停止跳动，血液会通过毛细血管和动脉网喷薄而出，四肢会断裂，向反方向弯曲；如同一幅令人反胃、支离破碎的拼图。我会像一本书，从空当的楼梯井顶部掉落，在震耳欲聋的震荡中跌落在混凝土石板上，穿透寂静。

吸气、呼气，闭上双眼，攥紧拳头，坠落。

我睁开眼睛，我躺在自己的床上。我发誓，我掉下去了。不，那是我的想象，是我为了求救而捏造出来的无用想象，我仍旧感到麻木。外面在下雨，咚咚作响，敲打着我的房顶。我忘了开灯。

雨声不知怎么将我从床上拉了起来。我迈开脚步，没有目的，却也不是漫无目的。我打开前门走出去，身上还穿着睡衣。可笑的纸杯蛋糕图案印在粗糙的棉布上，上衣太小，裤子太大。

我迈下屋外的楼梯，浑身上下都被雨点笼罩。没有重量，也没有颜色。我以为它能将我唤醒，令我振作，阻止我的思想再来捉弄我。雨点锲而不舍地重重拍打着我的皮肤，令我震惊。同时它无法渗透，仿佛我穿了好几层衣服，什么都感觉不到。什么感觉都没有，除了源自现实、幸福，却令人茫然的奇怪沮丧。蠢话，没有意义，幼稚。

我走到路的尽头。汽车是发光的障碍，却没有挡住我的去路。我完了，结束了，我不知该拿这具肉身如何是好。这个被我拖着走来走去的寄生虫，这颗不肯离开我的心。我湿透了，披散的头发如同湿漉漉的窗帘——我不在乎。我坐下来，背靠着一棵树。树皮的碎片夹住了我的后背，我却感觉不到，什么也感觉不到。我是雨中一只虚弱的动物，等待被拯救。但能拯救你的只有你自己。

我永远也不会得救。

理算

第二部分

二十九

如何不理算损失

以下是我要解决的事情:
…………

我父母花了好几年积攒的大学基金可以用于一趟愉快的旅行。他们早该休息了。

——摘自小维的日记

小维去世后,展开一趟"愉快的旅行"就成了一个骇人听闻的念头。悲痛欲绝的我们几乎没有任何心情出发去卢瓦尔河谷赏景,或是在巴厘岛的海滩上闲逛。但随着日子变成星期,月变成年,人生除了工作和思念维多利亚,还得要有更多的目标。可那是什么样的目标呢?接受没有女儿的新生活,实实在在地过日子,证实这是一段充满错误和偏差、好心没好报的历程?

帕特里夏警告过我:"当心,别一时冲动,用'我需要让心情好起来'的行动来填补空虚,别不考虑后果就去填补空虚。"

我和马尔科姆都很想念做父母的日子,我们最初的一个冲动之举就是考虑收养一个孩子。当时,我并不认为这是在填补空虚,或是要取代维多利亚,而是给了我们目标。起初一名政府官员告诉我们,如果条件合适,我们是有可能收养到一个新加坡孩子的。调查、表格填写和面试大约要花费两年的时间。等我们终于获得批准、可以收养一个新加坡小孩时,政策却发生了改变。我们得知没有适合给我们收养的孩子,也不太可能会有。我们也研究过成为寄养家庭的可能性。在好几个月的表格填写和面试之后,我们才得知自己不是合适的人选,因为马尔科姆已经六十一岁,年纪太大。遗憾的是,由于我们的女儿是自杀去世的,我俩教养子女的能力也遭到了质疑。这是一个社工暗示我们的,她同情我们的迷惘,知道我们需要去爱一个活着的孩子。她把此事告诉我们是出于好意,是善举。人们会对我们心存怀疑是完全可以理解的,自杀可以被看作是对周围人的厌弃,或是对某些被认为有错的人实施报复。但我觉得维多利亚的情况并非如此,她甚至在笔记本电脑的日记中写过,她拥有幸福的童年,生活中不曾有任何事情"出过差错"。尽管如此，我们没有注意到她内心深处的不安，对她的自杀念头一无所知。这是毁灭性的，让我们再次为自己的不称职深感自责。我猜，小维大概也会惊讶于自己的死竟会带来如此大的影响吧。话说回来，也许她不想让别的孩子代替她在我们心目中的地位。我用这样的想法安慰自己，还是挺有帮助的。

一年之后，我突然收到一条信息，询问我们是否还有兴趣收养孩子。有个小孩可能合适。但那时我们已经筋疲力尽，备感挫败，甚至都没有答复的力气。

有段时间，每个月傻傻地花上一大笔钱，租辆黑色的宝马汽车填补了空虚。我的理由是，家里如今已经没了要为之存钱的对象，不妨把钱花掉。起初，享受一辆设计精良的宝马汽车带来的巨大能量给了我暂时的愉悦享受。"小维想让我们有辆车"的想法让我有了进一步的正当理由。但马尔科姆更喜欢坐公交上班，这样他就能一边坐车，一边发短信，还能用手机拍拍照片，而我经常在家办公，所以租车就成了放纵的奢侈。

回新西兰探亲时，我升级到了商务舱。我这么做是为了小维。我心想，她会希望我能善待自己的。实际上，使用机场的休息室、优先排队和美酒佳肴对我来说没有任何意义，吸引我的只有那张能够平躺的床铺。

我还在服装、珠宝方面花了不少不该花的钱，而且尽管维多利亚人已不在，我还是会继续为她添置物品——这是与她保持联系的一种方式。那些不适合我橄榄色皮肤的银首饰还放在我的抽屉里，戴都没有戴过。一件价值三百美元、印着蓝色和橙色花朵图案的难看衬衫在衣橱里谴责着我。我猜小维会喜欢这些花朵的，但橙色？她绝对不会喜欢。

马尔科姆下班回家后会在深夜上网购物，四个月内的信用卡账单达到了一万五千美元，还干出了将同样的唱片和电影购买两次的事情。

我会给服务员特别丰厚的小费，有时上街还会给看起来特别需要帮助的陌生人递上十美元的钞票。我经常为逝者的弥撒和教堂的慈善机构捐款，不是出于对他人的关心，而是为了让自己获得安慰。

健康方面的支出也有所增加，我的支气管炎又持续了一年。马尔科姆则十分害怕癌症（尽管目前一切正常），做了包括结肠镜在内的检查，并接受了门诊治疗。我下楼时扭伤了脚踝，花了一年多才痊愈。马尔科姆在小维年幼时的一场自行车事故中摔断的锁骨如今越来越痛，当时他把她夹在自行车的横梁上。她的一只鞋卡在了前轮的辐条中，害她脚骨骨折，意味着她的芭蕾课就此结束。我背部某条坐骨神经的老毛病又犯了。网球训练课上，马尔科姆的手腕肌腱严重受伤，好几个月都不能打球。我们都有牙齿问题需要治疗。马尔科姆试过戒烟，但没能成功。我们在酒精方面的消费也增加了。我开始接受悲伤辅导，时至今日还要常去就诊。

研究发现，丧子的父母在孩子去世后三年内的死亡率比未丧子父母更高，尤其是那些自杀等非正常原因导致的死亡。

研究还发现，丧子父母的离婚率比未丧子父母更高。对我和马尔科姆而言，小维的死起初曾让我们变得更加亲密。同居二十多年，我们在失去她六个月后前往新加坡民政局登记结了婚——这种感觉很好。何况我想要拥有和维多利亚一样的姓氏，继琳达·科林斯之后成为麦克劳德夫人。但大约两年后，我们的悲伤和接受的进程就走上了不同的道路。马尔科姆全心全意地投入工作，从中获得了不少安慰和所需的分心。与此同时，我发现报社的工作缺乏更高的使命感，我渴望从小维的死亡中找到意义，去帮助自己和那些有需要的人。我在家里也感觉十分孤独，因为马尔科姆都是在工作日的晚上上班。我们还在一起，却过得非常辛苦。

相反，对实物损失（比如克赖斯特彻奇地震中我家的房子）进行理算应该不是什么难事。虽然房屋被毁令人难过，但我最关心的是别损失买房时的投入。因此我希望保险公司能够兑现保单，要么另起新房，要么在经济上对我进行赔偿。这在保险术语中被称为"损失理算"。严格地说，这是个会计术语。

在此过程中，保险公司会派出一位"损失理算师"。从某种意义上，我嫉妒他们。评估能被简化成清晰的线性过程，还能得出根据财务计算衡量的结果。

如果你不曾经历过失去孩子，就不会明白悲伤有多无孔不入。你怎么会理解呢？像我们这样默默承受丧女之痛的人还有很多。我们如同游荡在人间的鬼魂，害怕被眼泪污染，害怕不可预见，害怕情绪的混乱。我们试着去理解，把伤口藏在看不见的地方。我们就是自己的保护者，因为悲伤是可耻的。大学的青年群体是不欢迎这种情绪的，因为他们永远都积极向上、争取做到最好。没有人想听到关于死亡的提醒，也没有人会支持那些暗自伤怀的人。大学不会，社会本身也不会。没有这个必要：因为悲伤是能克服的，对吗？我雇过一位律师，请他尝试妥善处理保险公司在克赖斯特彻奇住宅的问题上给我造成的麻烦。我告诉他，我在和损失理算师打交道时思路很不清晰，因为我还沉浸在丧女的悲痛中。他在邮件中写道："考虑到你目前的心理健康状况，你需要告诉我们如何才能最好地为你提供帮助，这将最大限度地减少你因我们的通信而感到沮丧的风险。"

"目前的心理健康状况"——这暗示我的伤心不过是令我心烦意乱的暂时性问题，是可以医治的。它属于一种精神状态，不是常态。时间会治愈一切。找人咨询，不过这可能很难，因为你必须自掏腰包。如果你身在新西兰，政府提供的医疗机构等候名单会很长。或者还有一个更便宜的方法，那就是吸毒。

悲伤可以暂时转移，却无法被治愈。因为它不是一种疾病，而是爱的延续。如果你深爱自己的子女，无法停止这份爱，就无法停止悲伤。你可能会吸毒、会酗酒，或是全身心地投入工作，但悲伤还是会在原地等待一个空当、机遇，锲而不舍地用矛盾的信息攻击、锤打你："她已经死了！她没死！她已经彻底凉透了。不。是的。"

三十

悲伤的状态

  不过,一些机械性工作——比如编辑——要求我将注意力高度集中在眼前屏幕的报道文字上,帮我摆脱了悲伤的循环。小维去世后的一年零五个月,一个日子的来临分散了我的注意力,令我如释重负:那就是2015年9月9日,新加坡大选的日子。

  新加坡的执政党——人民行动党一反常态、忧心忡忡。英国脱欧的民粹主义情绪会不会蔓延到新加坡这个小小的角落?而反对党——工人党做出了一个大胆的决定,不仅要争夺自己唯一的重要选区,还要争夺另外两个选区。

  我的思绪全都集中在《海峡时报》对这一重要日子的报道上,丝毫没有沉浸在过去。

  我到岗时发现新闻编辑室和平日一样乱中有序,这令人感到安心。现在还没有可以编辑的报道,于是我利用现场记者发来的直播视频聚精会神地研究人们的情绪，阅读其他媒体在开票前发布的消息，与记者、总监们聊着天。自1959年以来，这是"国父"李光耀第一次没有参选——他已经在五个多月前去世了。

随着初步结果的公布，一股不可置信的氛围在新闻编辑室里弥漫开来。无论是新记者还是老记者，人人都目瞪口呆，而这并不是因为之前担心的那些原因。投票站的结果先后显示，人民行动党很有可能获得选票优势。当晚结束时，他们取得了压倒性的胜利。编辑们都笑了，执政政府仍旧大权在握。新加坡的政治世界不会被扰乱，负责报道这个世界的媒体也不会有什么连锁反应。新加坡的媒体和政府关系十分复杂，其涉及控制与恐惧，也包括协商与自我审查。不管西方批评家在民主与言论自由方面怎么说，这在新加坡是行之有效的。

无论如何，人民行动党仍然牢牢地掌控着局面。选民们还没有被英国脱欧的热忱所感染。

至于我？这不是我的党派，也不是我的国家。我只是在做我的工作，包括编辑民意调查结果的报道。这意味着我要做的不只是乏味的文字编辑工作，还要正确地把握细微差别，了解要包括和被排除的内容之间存在着什么相互作用，在保持政治敏锐性的同时，让报道与读者建立联系，从而捕捉新加坡的真实结果——越快越好。

对我来说,这是个不涉及新闻事件情绪的夜晚,事实上却因为缺乏情绪而颇具感染力。它的最大好处在于分散了我对悲伤的注意力,让我全神贯注地关注屏幕上的文字,在截稿前用自己的文字技巧和新闻知识推敲出一篇故事。这意味着有关维多利亚的思绪没有什么机会闯入,但它们一直潜伏着,想要侵扰。

尽管我努力地不去理会悲伤,它却一直都在——就是如此。我按下"传送"键,把报道发给助理编辑,然后凝视着电脑屏幕,一想到3月便已去世的李光耀,就忍不住擦眼泪。

李光耀也被人们称作"LKY""老头儿"。在这么多可以为之哭泣的人中,我竟然会为他落泪。为什么偏偏是这个不属于我的祖国的、铁石心肠的政治家?第二次世界大战期间,他既能与控制新加坡的日本人谈判,也能和当时战败的英国人谈判(后来战争结束时也一样)。1949年,他以"双重第一荣誉学位"从剑桥大学毕业(他决不允许别人忘记这一点)之后,脱颖而出、抓住时机,与共产主义者一起对抗较为温和的反殖民主义声音。这既需要巧妙的生存技巧,也需要异于常人的专注与自信。

这位精神高度集中、带领新加坡独立发展了五十年的领导人曾经说过,如果新加坡的事态看上去有任何不对,他就会死而复生。五个月过去了,却没有任何迹象表明,某个愤怒的老鬼突然对谁发起了恐吓。但想到李光耀已是耄耋老人,他恐吓与迷惑别人的能力也会不可避免地因为衰老而减弱——当然,最终随着死亡而消逝——我感到一阵莫大的悲哀,因为新闻编辑室里的编辑和记者们都在为人民行动党复兴带来的巨大冲击而疯狂地四处奔走。

我为什么会为这样一个完全务实的男人感到难过呢?正如小维说过的,这个男人貌似并不怎么同情世界上的艺术家和没有逻辑的预言家。他坚持认为,鼓励艺术等文化活动必须要在民众的基本需求得到满足之后——就像当地人所说的,要先顾好自己的"饭碗"。

我为什么会难过?因为小维就是个语言艺术家,她不擅长数学。作为社会成员,她所能贡献的经济价值可能得不到李光耀多少关心,不过他俩都热爱树木。早年间,李光耀还推出过一项植树政策,直到他九十二岁去世前都十分关注。

我为什么会难过?小维与李光耀之间的共同关联不仅有树木,他们还都患有学习障碍症。小维的注意力缺陷问题影响了她的处理能力。李光耀在阅读书面文字方面存在困难,后来才发现自己患有诵读困难症。那时他就早早地制定好了应对政策,并且认为其他人也能做到。

我为什么会难过?李光耀的爱妻卧床多年,死于中风。新加坡人看到了他们的领导人温柔的一面。作为一名深情的丈夫，李光耀每晚都会大声地为她读书。

我为什么会难过？原因很简单。因为李光耀去世后一个多月就是小维的一周年忌日（她死于2014年4月，他死于2015年3月）。在标记着任何死亡的里程碑即将到来之际，不管事情与我有多不相干（一只猫的死亡，一位国家领导人的去世），我都会陷入一股持续不断的恐惧暗流，仿佛被人一路拖着暴打，差点儿淹死在瀑布中。我开始能够敏锐地意识到别人的痛苦，被逼到了崩溃的边缘。

李光耀去世前一周左右，我和马尔科姆曾开车经过病重的老头儿所住的医院。马尔科姆一直想要靠近现场——新闻迷就是他这个样子。依靠设备维持生命的伟大领袖所在的新加坡中央医院坐落在一片不起眼的区域，位于靠近城市的几条主干道的交叉口，周围是乱七八糟的路标、街牌和门店。医院门外聚集了一大群人，公共区域的一端还摆着鲜花、慰问卡片、海报，甚至是气球。

我陷入了一种集体无意识的状态，仿佛自己正坐在医院的候诊室里，等待探望所爱之人。生命暂时停摆，人人都屏住呼吸，一切在听到医生的呼唤声前都已停滞。

我们开车经过，驶上了一条被枝繁叶茂的雨豆树荫蔽的街道，这里就是李光耀新加坡绿化政策的具体体现。掉转车头，我们又回到了医院门前，这时我发现医院的某个侧门看起来十分眼熟。

"往事重现"这种说法太夸张了。如果有人说自己患有创伤后应激障碍，善意的人通常会点点头说"哦！对，就好像往事突然重现"，仿佛他们明白这是什么感觉。他们倾向于用电影的方式来思考，以为你脑中切换的画面就是对某个悲惨事件的视觉记忆。

但看到医院侧门的那一刻，我整个人都被强烈的肉体疼痛击垮了。那是一种揪心的痛楚，是肌肉在撕裂，是血肉与静脉相互交织的横纹在拉伸、撕扯、破裂，却还紧紧地依附在下面的结构上，抵御着破坏力。然而产生这股剧痛的源头并非是肉体，而是记忆。

我意识到，那扇门正是通向停尸房的入口。

我已经忘了。不到一年前，我和马尔科姆曾被带到这里正式认领维多利亚的尸体。目睹维多利亚变成一具冰冷尸骨所造成的创伤，从化学层面上改变了我们的细胞构成——本质被抹去，记忆与认知功能丧失，目标感全无，双螺旋失去了主干。

那趟不经意的忆苦之旅过后一两天，老头儿就去世了。国丧那一周，我发现我一直在为一个自己从未见过的人落泪。在

/227

电视直播的国葬仪式上,看到李光耀的灵柩被摆放在大学文化中心的舞台上,我泣不成声(一年半之前,小维就站在同一地点,参加学校的年终音乐会合唱)。仪式过程中,当乐队奏响国歌《前进吧,新加坡》时,我还在流泪。虽然国歌是用马来语写的,但维多利亚熟悉里面的每一句歌词。我走在街上或坐在桌旁时都会不住地流泪,人们以为我是在为他们死去的领袖哭泣。数百万人都在哭泣,我相信许多人既是在为自己的失去哭泣,也是在为失去李光耀哭泣。这种人往往会控制内心的情绪,喜怒不形于色。李光耀的去世深深地触动了人们的情感,那些曾经憎恨他的人也不例外。群情悲痛不论对他们还是对我,既是一种安慰,也是一种解脱。

> 我们的言语
>
> 会在你的香灰莉树下
>
> 被星星吞噬
>
> 被狂风卷走
>
> 在清晨被人遗忘
>
> ——摘自小维的日记

三十一

"她已经不在了,向前看吧"

> 我可以和其他无聊的普通人一样去星巴克。
>
> ——摘自小维的日记

我们住的地方附近的郊区购物中心里就有一家星巴克分店,但直到现在,我才敢回到这里。一想到它,我嘴边的话就会咽进肚里。那种感觉无法言喻,既受伤又渴望。我们过去常来这家购物中心逛街,度过了一个个微不足道、平平无奇,现在看来却弥足珍贵的日子。事实上,维多利亚的最后一天也是在这里度过的。她在地下美食广场给我买了一块咖椰酱华夫饼,还尽职尽责地归还了我从图书馆借来的书。

至于购物中心里的这家星巴克,小维很少和我一起去,但会把它当成各自忙完后的会面地点。要是家里的咖啡豆用完了,我也会让她来这里买上一包。马尔科姆喜欢哥伦比亚的豆子,但小维和我更喜欢口味比较醇厚的豪斯牌,就好像克赖斯特彻奇房屋倒塌带来的困扰挥散不去,连咖啡豆的名字都不肯放过我①。

苦涩的隽语

她感觉像是咽下了一杯糟糕的咖啡。

不是那种甜腻的坚果味咖啡,也不是那种酸溜溜、颗粒状的假货。喝起来像是被污染了的水,感觉好像苦涩至极的哥伦比亚啤酒,灼烧着你的上颚,恶心得胃里翻江倒海。

——摘自小维的日记

但我现在来了。坐在一点也不舒服的硬邦邦的座椅上(对我来说有点小),我看到星巴克的货架上摆放着一包包亮晶晶、鼓囊囊的豪斯与哥伦比亚咖啡豆。小维不喜欢的酸味让我与她产生了共鸣。马尔科姆怎么会喝那种东西?我猜是因为吸烟会让味蕾迟钝吧。出于对旧日时光的怀念,我点了一杯牛奶拿铁。自从小维走后,我通常只会简单地点杯澳大利亚黑咖啡。

---

① 品牌"豪斯"(House)的名字在英语中也是"房子、住宅、家"的意思。

和我同来的还有一个郑重其事的新西兰年轻人,他主动要求在这家商场里"碰面"——这是他的决定,不是我的——针对我下一步该如何是好给出了一些"建议"。我遇到的陌生人经常要求以这种方式见面"聊聊",我猜这会让他们感觉良好。他们被我的故事所触动,想要帮忙;或是觉得我们的失去证明了他们的教育方法是正确的,证明了他们的权威,这也能让他们感觉良好。还有好几次,我发现和我聊天的外籍侨民也曾失去过爱人——不是自杀,而是年迈的父亲或母亲过世。身处与自己格格不入的新加坡社会,他们第一次有了能够吐露心声、悄悄地哭一鼻子的人。对我来说,只要能帮助我多活一个小时,我什么都愿意尝试。有时我只想听到有人大声地说出我女儿的名字。

桌子对面的这个男人是我在一场为有兴趣领养孩子的人举办的交流活动上认识的。他和他的新加坡妻子已经生育了三个子女,却还想从非洲领养几个,他说拥有一个大家庭能让别人更尊重你。我之所以会去参加领养之夜,是因为怀念做母亲的日子,我想要的只是一点点希望。

今天我之所以来与这位电脑专家见面,是出于好奇,因为这个有些缺乏同理心的家伙打算给我一些我不想听,却需要听的建议。对此我满怀感恩,感激不尽——很少有人能真的与我推心置腹。我需要一个无情的务实思想基准，哪怕只是为了去拒绝。他开门见山地说："你必须接受，她已经死了。"他不会与别人进行眼神交流，可能患有自闭症，虽然有着较强的逻辑与线性思维能力，却缺乏社交能力。"她是什么？你的女儿吗？她只是一堆白骨。灵魂这种东西根本就不存在，她已经死了。"他抬起一只手，在空中摆了摆，嘴唇上沾着卡布奇诺的泡沫。成对的白蚁小翅膀堆积在我家客厅地板上的画面浮现在我的脑海中。"你生命的这一部分已经不复存在了。"他强调。他拥有深爱他的妻子和三个孩子，我看了他展示的手机照片。其实他们都准备来购物中心见我。他是个幸运的家伙。不可否认，他的人生哲学对他大有裨益。"多么令人兴奋啊，你可以为自己创造一段新的生活。"这话很残忍，但我明白其中的意义。他继续滔滔不绝地表示，抛弃那些令你不悦的事情，认清什么才能让你快乐，设定目标，成就便会随之而来。不要回头看。

　　我太善良了，脸上一直挂着微笑。他把手伸进后兜，递给我一张名片（有个很不错的组织。是的，入会费十分高昂。但他们会组织多到令人眼花缭乱的讲习班，你可以和志趣相投的人专注于最大限度地追求美好生活）。我看了看右边，望向里面的桌子。有一张还空着，那是她的座位——这个念头不知从哪儿冒了出来，可我就是知道。我还记得，有个年长的新加坡邻居经常到这里的美食广场吃晚饭,说她偶尔会看到放学后的小维坐在星巴克里的桌旁写作、学习或读书(所以应该是我下班很晚的星期四或星期五)。事实上,在小维生命中的最后一个星期五,邻居也看到她戴着耳机坐在那里看书。小维还对邻居笑了笑。

  我想和 X 一起去商场逛逛。我们想穿着在 New Look 买的高跟鞋四处招摇,然后走进迪奥门店假装成富人,试穿自己永远也买不起的华丽连衣裙。此后钻进维多利亚的秘密,拿起香水一顿猛喷。也许还能试穿几件内衣,在更衣室里偷偷亲个嘴。当然,还要去星巴克点上一杯恶名远扬的白巧克力摩卡咖啡配发泡鲜奶油。
——摘自小维的日记

  我看到小维坐在桌旁,放下手中那杯甜滋滋的摩卡咖啡,对着我傻笑。咖啡杯在杯托上发出了清脆的叮当声。"妈妈,他满口都是废话。"她会这样告诉我,"因为爱是永恒的,你这个愚蠢的电脑呆子。"她会摘下耳机大声说。这句话令四下嘈杂的声音安静了片刻。

  爱是永恒的——不管 X 是谁,这就是小维对她感情的记述(写于她去世前六个月)。小维对我的爱、我对她的爱都在记忆中以另一种细胞层面的方式永存。我的爱对于那个阶段的小维来说，也许不过是烦人的母亲在小题大做，可能还是一种负担——她已经摆脱了这个负担。但无论如何，爱是独立且永存的。如果我要放弃深爱维多利亚才能展开新的生活，那这就不是我想要的生活，是将我无尽的母爱视为商品，是对它的贬低。我要将这份爱与我的思想、心灵交织在一起。如果爱只存在于我的脑海，是一种可以被随意接受或拒绝的行为、价值或品质，那这就是对深情的侮辱，是对人与人之间存在吸引力的否认。所以我唯一能做的——至少让我觉得自己还活着——就是继续培养对她的爱。

电脑男的家人出现了，他的孩子非常可爱。我对他表示了感谢，他们离开了。

我决定相信小维并没有彻底死去，相信"向前看"并不意味着将她抛弃。我的女儿永远不只是骨灰瓮里的一堆白骨。当她在黎明时分奄奄一息地躺在那里时，就曾告诉我，她自由了，感觉无比幸福。她现在仍旧可以与我交流。

三十二

重新发现

一个月之后,我们去了新西兰。那天是 2015 年 4 月 13 日,维多利亚周年忌日的前一天。我站在卡卡努伊的小木屋门外,凝视着一轮弯月。维多利亚也曾多次站在这个地方,一头金发和明亮的双眸中映着月亮的微光和远处山脊上残留的斜阳。要是她在,肯定会把那些看得见的星星一一列举出来。要是她在,我们还会过着以前的生活,我在厨房里慢条斯理地做事,马尔科姆在维多利亚身边,朝着所剩无几的零星光线举起相机,试着用镜头将那一幕留住。

我站在原地,祈求维多利亚通过某种方式告诉我,她还在。我希望能从天空中看到迹象,但逻辑否认了这份简单的渴望。就在这时,我看到远处闪过一道光,从天空中猛冲下来,紧接着又消失了。就是这样,消失得无影无踪,那是什么正在燃烧的东西高速飞过时的闪光。我眨了眨眼,一颗流星。

返回新加坡的途中,我拿起了维多利亚的日记——我已经有段时间不曾读它了。日记里的文字让她再一次重新活了过来。

一些事实

我尖叫起来就像一只吸了氦气的老鼠。

我发现自己很难让双手静止不动。

我可以用舌头触碰到鼻子(但我还是没法把舌头卷起来)。

我是个喜欢猫的人。

我最喜欢的颜色是湖绿色和薰衣草紫。

我是个哈利·波特迷。

我最喜欢的电影有《恋恋师情》《盗梦空间》《地心引力》《哈利·波特》《指环王》《坠入》《壁花少年》。

我最喜欢的甜点是巧克力舒芙蕾或南瓜派。

我最喜欢的香水是美体小铺的白麝香(或香奈儿5号)。

我最喜欢的茶是伯爵茶。

我只喜欢咸味或者切达干酪味的爆米花。

我总是顺时针吃盘子里的食物,从我最不喜欢吃的开始,以我最喜欢的结束。

我非常讨厌与人交谈,除了在电话中和亲戚聊天。

我最喜欢的犬种是赤毛的塞特种猎犬。

我最喜欢的猫的品种是暹罗猫。

我的眼睛不是蓝色,是泛蓝的绿色。

我对有关僵尸、末日之类的东西完全不感兴趣。

其实小维的眼睛不是蓝/绿色的,而是蓝/灰色的。她眼睛的颜色和她的父亲、姑姑、祖母以及表兄妹的是一样的。和我的眼睛不一样,我的是淡褐色的。北欧的船夫在穿越苏格兰海岸时就曾用这样的眼睛扫视冰冷的铁灰色海面,寻找有关天气、食物或敌人的线索,并且在后来被称为天空岛的地方扎了根。我们曾经答应过小维,有一天会去那里看看。

不过,这份清单只透露了维多利亚想让别人知道的事情,并没有暗示她隐藏的自我:一个为自己的性别身份感到困惑、因为缺乏安全感且难以融入社会而感到羞愧的人。维多利亚对自己的社交焦虑症有着深刻的认识,进行了一个十七岁少女所能做到的、最深入的调查。她为自己的大脑无法在社交环境下运行——比如在老师提问时无法开口说话——感到痛苦不堪。这是一种耻辱,导致她更不爱与人交往。在日记中,她将自己描述成了两个彼此冲突的人:

我真的不想再假装做一个心理稳定的女孩了。她的心里有那么多话要说,日日夜夜都在听着各种声音对她尖叫。但维琪告诉维多利亚,把话说出口的结果可能会更糟。"他们不会理解的。"她说,"他们会抛弃你。"我低下了头,因为我知道维琪是对的,和骗子维多利亚不一样。我是一个骗子,一个女同性恋,一个想要逃离生活、夸张做作的蠢女人。

可即便如此,我还是很想告诉他们,真心希望自己能够告诉他们。

我也衷心希望维多利亚能够告诉我们,却永远无法知道她为何难以启齿。为何她的本能是隐瞒,而不是公开?为何死亡比求助更容易,或者至少是更可取?我猜"他们"指的就是我和马尔科姆。我们是永远不会抛弃她的,"抛弃"这个词太夸张了,小维也承认这一点。她深知我们不是麻木不仁之辈,但为何又会这么想我们呢?她的想法是自相矛盾的。一方面,"维琪"告诉"维多利亚",她被抛弃了,这是真的,"维多利亚"才是骗子。她的意思是不是说,"维多利亚"知道自己被抛弃的想法是错误的,是谎言?但这个"我"似乎是"维琪"。最后一句中,"我"似乎代表了我们女儿心中仍旧能够理性思考、发挥作用的那一部分。

随着我读了越来越多有关自杀心理的书籍，还与人交流有关精神健康的话题，我开始有了更好的了解。维多利亚也许会坚定地写下"你想自杀不一定就是疯了"，但对一个健康的年轻人来说，采取如此暴力的方式就属于思维不正常。事后来看，我的女儿无疑受到了严重的困扰，需要药物介入。至于其中的缘由，我只能猜测是青春期引发的化学失衡、遗传的自我毁灭思想倾向、解决问题的能力的缺乏，还有复杂的神经原因或所有因素的综合。带着这些了解，我回顾了小维身上那些我们乐于迁就的怪异性格和反常行为。我这才意识到，其中可能包含了她想要隐藏的、关于自我的真相。

我从不知道她有多追求完美——即便这样的追求并不理智。小维从不会为成就沾沾自喜，也从不认为有些时候"足够好"就行了。这令她发自内心地感到困扰。以这篇日记为例：

> 昨天，我和玛丽、X一起出去时看到了乔迪。你懂的，就是那种看起来什么都有的小妞。金发、轻盈、大姐大、优等生、受欢迎，从头到脚都令人嫉妒。我是说，看在上帝的分上，她竟然还会去健身。她穿着一双两百美元的耐克鞋走在克雷摩尔大道上，身边是一个和她长得一模一样的健身伙伴。两人无疑正在去健身房的路上。

我真不明白，怎么有人能把生活过得如此井井有条。

维多利亚似乎不曾想到，乔迪也会有自己的问题。我采访过的几名新加坡青少年顾问向我保证，即便是看起来最自信沉稳的青少年，也会有可能隐藏着抑郁或焦虑的问题。他们有不少客户都来自富人家庭。

作为一个母亲，承认维多利亚"不好"的一面是痛苦的，但重要的是，别把已逝的所爱之人描绘成某种洁身自好的形象——或者更糟糕的，某种受人尊敬的圣人。这种强硬的观点在某些方面也许可以帮到别人。

在她大约七岁那年，撒谎开始成为一个问题。学校打电话说她没去参加课外羽毛球活动。小维告诉我，她从活动中早退了，是老师没有记录。于是我火力全开地去为小维辩护，却发现真相完全不是这样。在我向她阐述事实时，她还坚称自己是对的。站在家长的角度，我告诫她任何行为都有后果，我们必须勇敢地面对错误、承认错误，如果你撒谎，人们就会失去对你的信任。我说话时她躲得远远的，好像我说的内容与她毫不相干似的。

我原以为这只是一个阶段，现在回想起来才明白，撒谎的行为已经深深地根植于她短暂的余生。她会谎称自己完成了家庭作业；即便我已经给了她钱，她也会谎称自己没有从一向言听计从的马尔科姆那里额外要钱（更像用甜言蜜语骗钱）。事后看来，在实际想死却扬言"幸福"这件事上，她也撒谎了。欺骗成了一种默认的行为方式。我总是天真地怀抱最好的希望，以为"小维这次也许说的是实话"。谎言往往是有破绽的，很容易就会被识破。实际上更糟糕的是，当一句简单的"哎呀被你发现了，妈妈，对不起"才是明智的做法时，她却把自己绑进了不必要的复杂绳结中。一位老师在电子邮件里告诉我，她认为小维有篇历史论文的内容大部分是抄袭的。面对质疑，小维羞愧不已："我是绝不会那么做的。"她坚称论文的每个字都是原创的。当老师拿出小维抄袭的那本书的原文素材时，十四岁的小维又编造了一个故事，声称这篇只是她的读书笔记，真正的论文被她弄丢了。我对小维大发雷霆，说这样撒谎有损她的人格，她可以做得更好。结果没有起到任何作用。

小维去世后很久我才明白，她撒谎并不是因为存在道德问题。心理学家认为，患有注意力缺陷障碍的大脑往往会现场编造一些内容，填补信息空白、创造自己真正想要相信的虚假回忆。这并不是孩子不诚实的表现，而是他们的一种应对机制。他们可能害怕自己做了什么糟糕的决定，或者如果他们自卑，还会在试图交友时通过撒谎来抬高自己。

不如还是想想那些比较美好的回忆吧，想想曾经友善、富于同情心的小维。放学后，她会去"为残疾人骑行"活动和亚洲妇女福利联盟做志愿者，帮助残疾人画画，或是陪他们去逛超市。

她是那种愿意和玛丽这类需要安慰的人聊上好几个小时的人；那种在自己生命的最后一天还要去商场帮爸爸买东西的人；那种会注意到我脸上的遮瑕膏没涂匀的人；那种会轻轻地跪在我身边、伸出一只漂亮的手指为我把它抹开的人。"好了，妈妈，这样好多了。"小维喜欢动物，给家里的猫咪喂食、查看它们饮水的事情都是由她负责。她喜欢狗，但我们不想在公寓里养狗。于是她和一只名叫恺撒的赤毛塞特种猎犬成了朋友，恺撒和它家的另一只狗朱诺每天都要跟着用人去附近的公园散步。维多利亚与恺撒的关系尤为融洽，她教会了它听口令，"坐下""过来"，还会在用人和公园里的其他菲佣聊天时带它去散步。有一天，它不再来了，只有朱诺。用人告诉我们，新来的邻居对恺撒的吠叫声抱怨连连，给它丢了下过毒的肉，它死在了兽医诊所。我和维多利亚都哭了，多年之后我才意识到，这件事令她的心中积聚了一团灾难性的怒火。

还有一点没有被维多利亚列在那张清单里：她很勇敢，也许太勇敢了。我永远也不会忘记，那个尘土飞扬的傍晚，十五岁的她在新加坡武吉知马马术俱乐部的骑术课上是如何保持冷静的。她的教练"蝎子"威廉是当时的新加坡华语流行音乐天王，也是个充满热情的马术师。他会在晚上演出前教授骑马课程，偶尔出现时就已经换好了上台的行头，发型梳得整整齐齐，身上套着闪亮的猫王风格套装。那天，维多利亚骑的是一匹身体瘦长、精神紧张的退役赛马。这匹栗色大马没被什么特别的东西吓到，就用牙咬住嚼子，突然飞奔起来。我骑过脱缰的马，它们有时会陷入盲目的恐慌，拦都拦不住。但小维听着威廉冷静、清晰的指令，稳稳地坐在马鞍上，拉起马头，让它一直绕圈，直到它筋疲力尽、放慢速度。

还有游泳。虽然她算不上什么游泳能手，却是个无所畏惧的人。在普吉岛度假时，她和马尔科姆会游到大海深处，我都不忍去看。父女俩随心所欲地在碎浪中畅游，潜向如黄铁矿般闪闪发光的大海，任摇曳的海浪出其不意地将他们带去任何地方。

还有开车。小维十五岁那年在卡卡努伊度假时，虽然还没到法定的驾车年龄，她就已经可以开上我们租来的汽车了。注意，绝不能当着我的面。马尔科姆会带她出去，我也是后来才知道这段冒险的。马尔科姆解释称，小维"虽然只有十五岁，但已经是个出色的司机了"，驾驶能力"与生俱来"。说到这里，父女俩还会得意地笑着交换眼神。慢慢地，故事又发展成了在奥马鲁附近的格默尔十字度假露营公园里开车，或是厚着脸皮、随心所欲地驱车行驶在奥马鲁熙熙攘攘的大街上。

她在去世前一天告诉我:"妈妈,你还记得我小时候参加过学校组织的马来西亚旅行吗?我们还去坐了帆船?我没有告诉你,帆船有一根很高的桅杆。我爬到桅杆顶上,吓坏了,从杆子上直接跳进了海里。别人都以为我做不到,但我做到了。"我记得自己当时只是哈哈大笑,为她感到骄傲。她还回忆起了新加坡记者俱乐部的一次外出活动:"还记得我们去圣淘沙那次吗?爸爸和我玩了索道,还玩了蹦极?爸爸吓坏了,但我一点也不害怕。"她想让我知道这件事,知道她不恐高,也不害怕一跃而下。

三十三

相信的需要

很长一段时间，我曾试图在宗教中寻找维多利亚——这是一个在悲伤的荒野中被泪水蒙蔽了双眼的人的笨拙摸索。

虽然我是天主教徒，读的是多明我会①修女开办的学校，却背弃了自己的信仰。小维在世时，我们很少有时间关注精神层面的事情。当然，我们也有价值观和行为准则，但认为有组织的宗教活动过于正式，所以不曾参与，我最后一次带小维去教堂是她大约七岁那年。我们的星期日之所以神圣，是因为它们全都被拿来用于家庭娱乐、自行车骑行、打网球、游泳和一起做家务。

---

① 多明我会（Dominican），亦译"多米尼克派"，天主教托钵修会主要派别之一。1215 年，西班牙人多明我（Domingo de Guzmán，1170—1221）所创。该会为女修道者设有"第二会"，为在俗教徒设有"第三会"。会士戴黑色风帽，称"黑衣修士"。——编者注

不过，在这段令人讨厌的新生活中，我需要一个基础才能坚持下去。我接受邻居的邀请，加入了某福音派教会。教会里的人都很热情，其中还有不少热忱的年轻人。优秀的音乐家会在舞台上伴着摇滚的节奏演唱福音主题的歌曲，巨大的屏幕将他们的演出播放给一边拍手、一边合唱的信众。如果在几个月前的另一种生活中，这种弥撒与合唱在我看来肯定可笑至极。然而此时此刻，这已经成为一种安慰。歌曲一首接一首地唱着，那些看似普通的家庭、穿着体面的男女、在办公室里辛苦工作了一周的父母和他们的孩子，全都沉浸在传递着感受爱、给予爱的音乐激情之中——还有归属与被接受。我可以在他们中间摇摆，毫不掩饰地泪如雨下，以至于手绢很快就哭湿了，人们不会来干预我。当众流露悲伤令我感到羞愧，却也为我带来了空虚和平静。

每周一次，这个邻居还会登门为我送上一瓶柠檬草茶，教我读《圣经》。阅读的段落是固定的，还会有家庭作业。我发现自己很难专心阅读，支离破碎的思绪无法接受太多讯息。课程的内容包括学习建立信心、学习上帝对基督教徒的基本应许，比如对自己必将得救并获得引导的信心，读完几个章节之后，还会有问题需要回答，比如"描述你人生中寻求上帝指引的一个情景"。针对这个问题，我写道："寻求理解维多利亚的死亡和选择。"问题："列举你在这种情景下可以信任上帝的几种方法。"回答："相信她现在已经安息,相信她正在体验快乐。相信上帝允许留在我们心中,在他的监护下指引我们。"

凯牧师也会发来信息："在一段关系中,正是那些平凡的事情让你为危机做好准备,在事情发生时得见他的真容。真理是爱的根基,植根于真理的爱才能赋予你生命。"

我感受不到维多利亚的真理,不管那是什么。但我需要去感受。另一个邻居给了我一些佛教的书籍。这位名叫苏的朋友是个瑜伽教练,我在小维很小的时候就认识她了。她写道:"维多利亚是个难以捉摸的姑娘,她跨越了两个世界,一只脚站在你这边,另一只脚迈进了金色的光明神圣世界。两个世界间偶尔的拉扯肯定是她此生的最大挑战。多年来,我只是偶尔碰到维多利亚,有时是在超市里,有时是在我飞快经过的车站旁。尽管如此,她的身上总是笼罩着一种'稍纵即逝'的气息,仿佛她的影子不在她的身上,但她很快就能追上它,重新变得完整……

"从瑜伽的角度来看,众生皆在受苦。但我们在接受这一点的同时,也必须找到快乐,不管快乐有多短暂。知道她已经找到了归宿,变得完整,对你在她短暂一生中给予的爱与关照心怀感恩……她温柔的灵魂将教会你很多奇妙的东西,关于这个世界,关于你自己。她把你送去了自我反省的世界,那段旅程包含了很多东西。多么棒的一份礼物啊。"

这些都是至理名言。可我还处在生命转轮的另一个阶段，只知道自己无法满足于回忆、想象中的声音和种种迹象。有段时间，我会去城里的传统教堂参加卫理公会教派的礼拜。教堂位于绿树成荫的坎宁堡山上，那里曾是马来人和英国殖民者来来去去的地方。卫理公会教堂的合唱令人精神振奋，布道切合实际；他们还帮我联系了一家需要志愿者帮忙筹集学费的儿童之家，最后我在那里帮了一年多的忙。尽管如此，我在教堂里还是感受不到小维的存在。

与我一同探索伊斯兰教的是隔壁的无教派德国邻居，他代替了那个很有地盘意识的猫咪的主人。我们安排在某个星期日的早上前去参观唐人街的清真寺，随后还吃了点心，闲聊了几句。那里的小男孩纷纷盘着腿坐在老师面前，把《古兰经》放在可折叠的小木架上，给我留下了深刻的印象。他们全神贯注，那份真诚正是满嘴俏皮话的当代年轻人自我指称时所缺乏的。

伊斯兰学校里，男孩们赤裸着双脚，在阳光下扬起阵阵灰尘，俯身认真地背诵《古兰经》。维多利亚却依旧如尘埃般遥远。

为了试着理解这一切，我开始写日记。以下内容就摘自我的日记：

2015年11月9日，我去了圣乔治圣公会教堂。唱诗班唱的是赞美诗，传统而优美，风琴演奏动人心弦。后来，我去了小维在东陵坊里最喜欢的一家咖啡馆，碰到了圣乔治圣公会教堂的一群女信徒，其中就包括新加坡前任行政部长、律师戴维·马歇尔的遗孀琼·马歇尔。她建议我尝尝热巧克力。我没有告诉她，小维就是专门为了这款饮料到这里来的。"这才是真正的巧克力，不会太甜。"小维曾经解释过。琼的女儿已经成人，刚从英格兰回来，所以她从楼上的店铺里买了一双适合夏天穿的系带鞋。看着两人在如此简单的事情上体会母女之情，那种感觉很奇怪。我都已经忘了。我想起维多利亚也曾穿着新买的浅黄色靴子在客厅里走来走去，把长长的头发拨到背后、低头看着靴子问："妈妈，你觉得怎么样？"能想起这么温馨的回忆也是一种幸福。

11月19日，星期三，和悲伤咨询师帕特里夏见面。我之所以会去找她，是因为她拥有着充满智慧的"老灵魂"——几个女儿已经成年——还是天主教徒。

/249

帕特里夏说:"小维的死不是不可避免的。就连基督也曾说过:'我的时候还没有到。'这是一种很有影响力的想法。"我以前从未在有关十字架刑罚的故事中读出过不情愿。帕特里夏接着说:"小维开始专注于寻死的念头,她的精神痛苦在日记写作中得以体现。她对将来感到害怕/忧虑,觉得前途渺茫。但青少年就是如此,他们不懂。重要的是,维多利亚在日记中是明智而理性的。这是她对生活的理解——她忠于自身的价值,从而导致她认为自己的人生是不值得活下去的,尽管这是个十分错误的结论。"

星期日一早就要赶赴古朴的砖结构圣乔治教堂,站在靠背长凳之间,并不是一件容易的事情。维多利亚两三岁时,我每周都会带她去一次圣乔治教堂,参加周二早上的母婴聚会。我们去了大约一年。前排的木质长凳和当时的一模一样。我们会坐在那里跟着欢快的赞美诗一起歌唱,有时还会站起来随着歌声模仿动作——如果歌词中提到祷告,我们就双手合十;如果提到天堂,就把手指指向空中;提到"上帝的爱",就交叉双臂抱住自己——孩子们喜欢这样做。一天,有个好心的组织者在教堂里放飞了一束代表圣灵的气球。气球在靠背长凳上方升起,随着砰的一声巨响爆炸了。维多利亚放声尖叫,标志着她害怕气球的一生就此开始。

我坐在不远的长凳上想起气球的事情,对那份纯真满怀渴望。

某个星期日的早晨,我又试着去了一座天主教堂。我查了查公交车时刻表,然后选了自己一无所知,但距离不远的圣伊格内修斯教堂。结果这里还有一所耶稣会神学院,以及几座可以追溯到20世纪60年代的花园。教堂建筑本身是近些年才建造的,宽敞舒适,还配备了空调。

教堂里的信众既有利用休息日前来参加弥撒的菲佣,也有新加坡教徒,甚至还包括娱乐圈的名人。身处亲密的大家庭和面带微笑、结伴而来的菲佣之中,我感觉十分孤独。我设法避免一个人落泪,直到那句"上帝的羔羊,你带走了这个世界的罪孽"。无辜羔羊的形象令我心碎。没有人注意到我在轻轻地擦拭脸庞。站在那里时,我的耳边响起了维多利亚的声音:"妈妈,你在这里很安全。"我感觉无比平静。

后来我回家上网查了查圣伊格内修斯教堂,发现那里每周六下午都有学习《圣经》的小组活动。最新的一门课程为期八周,名叫"与圣母同行",刚刚开课,还来得及参加。虽然题目对我来说过于天主教,但我还是去了。一群和蔼可亲的新加坡妇女对我呵护有加,允许这么个经常泪眼婆娑的人加入,她们一定非常难做。我念起早已遗忘多年的祷告时总是结结巴巴，还时刻把早逝的女儿挂在嘴边。更别提我经常是这群人中唯一的白种外国人，丈夫还是无神论者。但她们还是接纳了我。

研讨会举办的地点是两层楼的圣心堂——教堂后的一座功能性建筑。第一次会上，我们去了楼上的会议室，讨论《圣经》中有关圣母领报的内容。与一群为他人祈祷的女性共处一室，有种安宁且抚慰人心的简单，完全听不到某些社交场合中的女性的比权量力、地位标志和噎人言语。我的内心开始崩溃。一个身材娇小、面容和蔼、眼睛又红又湿润的华裔老太太伸出手抓住了我的手腕。后来我才得知，她是某个同事丈夫的亲戚。她总是把"母亲玛丽"[①]挂在嘴边。但我明白她是什么意思，她是在说，你已经不再是孤儿了。

维多利亚没有精神信仰，或者应该说据我所知没有。也许为了自我保护，她需要一种信仰来解决自身的问题，感受群体的支持，感受上帝、某个神明或诸多神明的爱，甚至是整个宇宙的爱，从而保护自己的肉体、情感和精神不受伤害。相反，维多利亚短暂的一生中主要的经历就是被引领到了死亡

---

① 指《圣经》中的圣母。

的领域。

对我来说,现在保护她为时已晚,但我可以选择一个精神信仰,作为为她而举的火炬。

但在许多年轻人眼中,宗教并不是什么很酷的事情。如何才能赋予他们一点信心?对我来说,这很复杂,因为大多数宗教传统都将自戕视为一种原罪。

如果人们真的将自戕视为原罪,那么合乎逻辑的结果应该是维多利亚已经堕入了炼狱。但无数个基督教徒告诉我,他们相信维多利亚已经得到了宽恕,因为上帝是仁慈的,会宽恕无知的年轻人。有个明智的卫理公会信徒——就是常在商场的星巴克看到小维的那个邻居——告诉我,她十分确信小维已经升入了天堂——这话令我感到十分宽慰。但令我宽慰的与其说是模糊的天堂本身,不如说是维多利亚已经去了一个不会再被人评头论足的地方。

对我来说,小维在决定结束自己的生命时,还没有形成完整的理智。只需读读她的日记,你就能看出她的天真和痛苦,看出她在恳求帮助。她曾反复祈祷心中的绝望能够得到缓解,比如在她离世前的一个月零一天,她就曾落笔写道:

她不停地祈祷,
被子包裹在她身上,

耳边时钟的嘀嗒声将她的时间带走,
直到她离开床的那一天,
她将自己抛在了身后。

三十四

你是怎么失去女儿的

你是怎么失去女儿的？怎么失去你所了解的一切过往，以及对未来所有的小小希望？就时间而言，这轻而易举。这一分钟，你们还是坐在沙发上吃着意大利肉酱面、看着电视美食节目的一家人。第二天早上，就只有你们两个瘫在那里号啕大哭。

当然，人们无时无刻不在"失去"自己的女儿：她们或许去了大学读书，或许找了不合适的男朋友，或许是与情投意合的男朋友同居，抑或是在外休学度假、出国，去了别的城市工作。但把女儿输给死亡是无法挽回的。她不仅仅是为了追求年轻时的自我发现而暂时误入歧途，或是无法实实在在地出现在你的日常生活和喜怒哀乐中。她永远也回不来了，这是明摆着的，不是吗？无论如何，我心中还是多多少少地无法接受她再也回不来的事实。但失去是每个人都会以某种形式体会的事情，所以好心人会告诉我，他们理解我正在经历什么。不过，她们的语境更像是和去新的城市上大一的女儿含泪挥别。我承认她们的生活永远改变了，也承认她们可能会为失去了某个重要的身份而悲伤——比如养育儿女的母亲角色。即便她们当时没有意识到，但新的目标和计划即将到来。她们会成为毕业典礼上骄傲的家长，会成为新娘的母亲，会成为外祖母。她们的孩子拥有新的未来，她们在其中也有自己的角色。但我年仅十七岁的女儿已经死了，更重要的是，她死亡的方式让留下的人永远心碎，因为死亡是她的选择，抛弃未来也是她的选择。这会让你思考，是什么样的疏忽、错误或定时炸弹让你在养育她的过程中失去了她呢？

归根结底，就一个明确的答案而言，这可能是个毫无意义的问题，但我还是要问。我仔细端详着每一段回忆，仿佛那是一块宝石，只要我足够努力，就能读懂它守护的秘密。我不是想寻求责备，也不是想寻求原谅。首先，我要寻求的是与维多利亚建立联系。即便是对错过的机会、搞砸的事情感到后悔，也能表明她的确活过。维多利亚想让我反思，她会希望读到这些文字的人能够得到帮助，或是通过这些文字解决一个"为什么"的问题，激发人们的认知或领悟。

我在怀孕期间抑郁吗？母亲的抑郁和焦虑会不会渗进子宫，为胎儿蒙上一层泪膜？我怀孕时，曾有同事试图以虚假的理由将我从工作中开除,令我陷入了焦虑与愤怒。幸运的是,其他同事挺身而出,让我保住了工作。这的确曾令我忧虑,但在我肚中成长的那个人——我创造的生命给了我力量。

也许我们在情感上不太适合做父母?作为当时已经三十好几、四十出头的两个人,我们很不成熟,一直过着以自我为中心、及时行乐的生活。我们都很内向、爱好艺术,是为了媒体工作才搬来新加坡的新西兰人,这会招致某些人的警告。我的新加坡女医生好心地告诉我:"恭喜,你怀孕了。但你怎么敢未婚先孕?"和我们这样的西方人相比,她是比较谨慎保守的社会的产物。我和马尔科姆偷偷地笑了,但也许她有理由担心。看看坐在她面前的是什么样的人吧:马尔科姆穿着时髦的马丁靴和烟管牛仔裤;我戴着土里土气的眼镜,穿着小丑似的红色条纹紧身裤,更像个带着书生气的孩子,而不是一个正值壮年的女子。几年后,马尔科姆的母亲曾评价我"天生不是做妈妈的料"。她没有什么恶意,她在新西兰当地一家医院做了许多年的护士长。这话虽然伤人,却也属于有根据、有见地的评价——她是对的。去我即将生产的新加坡医院参观时,看到一排排襁褓中的婴儿,一个个需要关注、有感知力的生物,我不知所措,差点儿晕倒。我还记得自己当时心想:我和马尔科姆就要拥有这样一个孩子了吗?

但话说回来,有多少家长天生就是做家长的料呢?尤其

/257

是在如今这个时代,课堂上教的都是学术科目,而不是生存技能——比如如何在伴侣身上找到正确的特质,如何养家糊口,还有关于母亲的知识:如何让婴儿含住奶头,尿片是用布的,还是一次性的?

我们需要的支持会比想象中更多吗?我期待着能够拥有自己的小家,一家三口对抗世界。我想象过孩子的成长,畅想过即将到来的未来:一场婚礼,也许还有儿孙满堂。这能证明我的人生是有价值的。

我们一家三口——我、马尔科姆和刚刚出生的维多利亚——乘坐出租车回到公寓,在那里展开了新的生活。我们是如此宠爱年幼的维多利亚·斯凯·普林格尔·麦克劳德。维多利亚这个名字是马尔科姆提议的,优雅、传统。"斯凯"代表麦克劳德家族的祖籍所在地天空岛,也是我拥有过的一匹灰色骏马的名字。那匹马代表了我内心的灵魂——勇敢而敏捷。随着时间的推移,这个名字越来越适合维多利亚。她喜欢夜空、星星,热爱自然。"普林格尔"是马尔科姆一个亲戚的名字,第二次世界大战时此人在意大利遇难。

我在新加坡没有朋友或家人可以帮忙。这样的配备是不正常的,因为人类进化为小型部落就是为了能够共度养育儿女的漫长、复杂时光。新加坡同事建议我雇用一名住家保姆,于是来自菲律宾的艾米进入了我们的生活。尽管她未婚且膝下无子，却来自一个大家庭。她知道如何给孩子唱《亲爱的，亲爱的》，歌词在菲律宾语和马来语中的大意是"乖，乖，亲爱的"。但这个词也有"浪费"的意思，比如"眼泪是多么的浪费"。我既能感觉到爱，也能感觉到失落。我发现，我是感恩的。我喜欢母乳喂养，喜欢和艾米一起欢笑，也很庆幸能小睡片刻。我惊讶地发现自己竟然喜欢做母亲，喜欢什么都不想，就想着眼前的事情和怀中的婴儿，看着她睡在我们为她准备的睡篮里，我可以永远这样凝视着她。

考虑到我的年龄，产科医生建议我如果想要二孩，最好马上就要。但我们太过沉迷当下，完全忘记了这个建议，不曾抽出时间给维多利亚添一个弟弟或妹妹。也许这是一个错误，独生子女都是孤独的。小维大约九岁那年的某一天，她突然告诉我："妈妈，我希望你能给我收养一个妹妹，一个亚洲面孔的妹妹。"

也许我回去工作之后，维多利亚逐渐形成了长期的依恋情结？我只过了三个月零两周的完美幸福生活，新加坡的产假能够给予我的就这么多，我再也没有彻彻底底地幸福过。我感觉三个月零两周就把维多利亚丢下是不对的，仿佛我抛弃了她。下午三点，每当我要出门上班，维多利亚就会露出失望与困惑的表情，并号啕大哭，哭声最终会变成轻柔的哼哼声。我学会了趁维多利亚午睡的时候离开。

对于尚在发育的年幼大脑来说，母亲的缺席是否会让她产生引发渴望的神经通路，或是形成本能的责备心理，然后演变成害怕遭到抛弃的心态？维多利亚总是缠着我，直到上学的年纪都是如此。比起和其他孩子一起玩耍，她更喜欢同我和马尔科姆待在一起。

工作时，我会去幻想这个世界上最柔软的秀发和最美丽的脸庞，幻想她身上甜甜的奶香。趁着编辑报道的间隙，我还要溜进厕所的隔间里挤奶。当时这还是个需要遮掩的行为，没有太多的母亲会这么做。一个同事甚至问过我，我用母乳喂养是不是因为比喂奶粉便宜。我解释了母乳为何比奶粉更有营养，以及母乳喂养本身为何是亲子关系的一部分。"亲子关系。"他哼了一声，"西方人的理念。"后来我放弃了挤奶的尝试，因为这太难了。

我试着向年幼的维多利亚解释，我出门工作是为了她的未来，是为了买房、攒钱去新西兰旅行，但这些话完全超出了她的理解范围。因此，我会充分利用周末的时光。下午，我们一家三口会在自己的住宅区外绿树成荫的马路上散步。此时的维多利亚已经可以摆脱折叠式婴儿车，自己跟跄着走来走去了。她会被草坪边的棕色罗望子豆荚奇特的美所吸引，用手指沿着它们弯曲的轮廓滑动,摇晃它们,聆听种子发出的声音。

我们三个还会去超市购物。满脸皱纹的老太太会对着维多利亚惊呼,伸出套着玉镯的手臂轻抚她的前额,捏捏她顶着酒窝的双颊。我也会充分利用上班前的时间,陪她看着《玩耍学校》或《睡衣香蕉人》大笑。艾米会做三明治或炒鸡蛋当午餐。我们一起吃饭。小维坐在高脚凳上,旁边放着《海峡时报》。我和马尔科姆会针对新闻报道和照片的布局,以及我要改写什么标题来展开详尽的讨论,小维则笑眯眯地注视着一切。我们对着几张纸严肃认真的样子肯定非常滑稽。晚上如果小维醒着,我也会好好地利用下班后的时间。马尔科姆会放上歌手莫比的一张 CD,一家三口一起跳舞,小维会和马尔科姆手牵着手旋转。

随着小维的成长,公寓楼里的生活变得太过孤寂。艾米对维多利亚的占有欲越来越强,削弱了我作为母亲的地位。于是她去另外一个家庭找了一份差事,我也把工作量缩减到了兼职的分量。我们还搬去了一座带游乐园的共管公寓,好让小维能够见到其他孩子,还会每周两次送她去上蒙台梭利学前班。我们的隔壁住了一个澳大利亚家庭,家中有三个女儿。她们对待小维就像自己的妹妹一样,会带着她在楼下的公园里玩"过家家"的游戏,比如制作泥巴馅儿饼、在"锅子"里煮汤,用小树枝搅拌。小维还有一个朋友住在另外一间公寓,她的父母来

/ 261

自孟买和斋浦尔。两人喜欢骑着自行车没完没了地转圈，马尾辫上绑着相似的粉色丝带，一边按响车铃，一边发出女孩子的高亢尖叫声。

我们是否应该搬回新西兰？为了让维多利亚与新西兰建立更紧密的联系，我们在卡卡努伊修建了自己的小木屋，木屋距离茜拉居住的奥马鲁只有十分钟的车程。小维和茜拉一见面就相处融洽，祖孙俩都喜欢鲜花、色彩，也都行事端庄稳重、喜欢做个博览群书的人。我们每年都会从新加坡回去一两次，选择把钱花在旅途上，而非买车和吃大餐。圣诞节总是美好的，小维的任务是布置餐桌，刀、叉、匙都有精确的摆放位置。插在花瓶里的花也要经过选择、摒弃、重新挑选，直到完美。小维十二岁时，茜拉教会了她如何烘焙奶油蛋白甜饼。完美的蛋白脆皮香酥可口，内里是柔软的棉花糖。于是，维多利亚在圣诞节的角色又多了一个"奶油蛋白甜饼女王"。

小维尽管喜欢与新西兰的家人共度新西兰式的圣诞节，却还是觉得自己不属于那里，也不属于新加坡。在当今日益全球化的世界里，这是许多孩子面临的问题：他们不是在自己的祖国长大的，甚至还有一个术语是专门形容这种孩子的——第三文化儿童。小维曾经怀着沉痛的心情在日记中写道：

> 我不是新西兰人,我不在乎自己的护照上写了什么。我的确不是,我不知该如何适应。我很想念新加坡,但与此同时,我不能留在那里。我觉得自己永远也无法真正找到一个容身之处。

与此同时,新加坡的学业压力开始逐渐累积。我和马尔科姆讨论过是否应该举家搬回新西兰,那里的教育结构不全关乎学习成绩,而是注重职业技术培训。但他和维多利亚都讨厌改变,所以我们放弃了这个想法。就算搬回了新西兰,小维还是一样有可能结束自己的生命,因为新西兰是发达国家中青少年自杀率最高的国家。

我不太关注小维学业上的问题。她进入青春期,长成了一个高挑苗条的美女。我以为这会给她的人生锦上添花,她比我漂亮、善良、聪慧,似乎比我和马尔科姆的基因更好。她让马尔科姆和我觉得我们慷慨付出的爱、牺牲的时间和金钱是为了更有益的事情。十七岁的她是个芳心终结者,穿着紧身牛仔裤和踝靴,趾高气扬地走向成年。维多利亚在日记中写道:

> 我拥有那么多的机会。如果有人是我,一定会很高兴。他们会有自己的房间,在一所不错的学校念书,每

天就像生活在天堂里,所以我才会彻底放纵自己。在有人愿意为了过上我的生活放弃一切时,我不该沉迷于那些愚蠢而又毫无价值的问题。还有大好的人生在等待着我,为什么就不能活下去呢?

她为什么就不能活下去呢?

美国心理学家、《如何活出生命的意义》等作品的作者杰西·贝林刚在一本关于自杀的新书中对这一点进行了阐释。贝林根据社会心理学家罗伊·鲍迈斯特的研究,列出了六个会让思维进入自我毁灭模式的错误信仰。其中排名第一的就是:"关于自杀,最令人惊讶的一件事情就是,大多数会那么做的人其实过着比普通人好得多的生活。在我们许多人看来似乎不算糟糕,或者不至于要结束生命的经历,对于别人来说却是夸张的。因为这些个体对自身的成功有着不切实际的目标,或者他们的幸福被拴在了一颗无以为继的星球上。"

三十五

来自另一边的问候

我开始在儿童之家做英语教学志愿者,每周一次。自从第一次给七至十一岁的小女孩上课,我就对维多利亚的功能障碍有多严重有了一些切身体会。事实令人震惊。这些孩子都来自破碎的家庭,过着常人无法想象的混乱生活,其中还有一两个可能遭受过虐待。但她们总是兴高采烈、热情高涨,对待彼此自信又坦诚,而且很快就能对社交场合做出判断,知道什么时候最好离开,什么时候要向前走。

更重要的是,她们很快就能理解自己的作业,对新的事物求知若渴,无论是学习阅读新的单词,还是烘焙巧克力蛋糕。她们会连珠炮似的向我提问,将知识归档,稍后再进行展示。她们总是非常主动,从不需要两次被告知要把书收起来,或是等数学老师来了去找他一趟。她们也不需要专注的一对一辅导,她们喜欢一对一辅导带来的关注,但在小组中学习时也很自在。事实上，如果我过于关注她们，会让她们感觉很不舒服。这些孩子想要知道自己需要学习什么，然后就会去学习。

和她们相处让我对维多利亚有了更加深刻的思考。她做作业时总是需要专注的一对一帮助，与其他孩子相处时也缺乏自信和坦率。作为社交参与者，她无法很快地判断场合，身为旁观者时却很敏锐。我从未意识到她有这些方面的问题，因为我很少从观察的角度出发与其他孩子互动，也不知道什么样的行为在不同的发展阶段是合适的。在儿童之家的经历启发下，我参加了为期六个月的夜校课程，学习儿童演讲与戏剧教育。

所有这些让我看到，存在学习或社交功能问题的人并不在少数，他们却都在尽最大的努力与大多数思维更快、更有效的人相处。

我意识到，维多利亚花了很长时间才学会走路，她宁愿爬行。直到大约十九个月大时，也就是过了正常的十二个月发育期之后，她才犹犹豫豫地迈出了自己的第一步。即便是学会了自信地蹒跚行走，她也不喜欢横冲直撞，更不会没头没脑地四处探索。

球类运动也很困难。小维的射门能力还不错，但在比赛中经常会失去兴趣、心不在焉。这会惹怒那些好胜心强的队友，于是他们开始排斥她参加体育运动。最糟糕的一次经历是小维在新加坡参加的第一个无挡板篮球赛季，她进了一个乌龙球。我不在场，她哭哭啼啼地回家了。她那时候应该有七八岁了，一直为自己能够加入无挡板篮球队、穿上队服感到自豪。其他女孩都对她恶言相向。她再也没有回去。我给另外几个母亲打去电话，她们都表示自己觉得她就是个笑话，不想让她归队。那一年的比赛更换了主办方，让无挡板篮球成了一项更具竞争性的赛事。

她一直没有学会正确地系鞋带。

但这些对我们来说都算不上什么，因为维多利亚在语言方面很有天赋。她很小就学会了阅读，读起书来如饥似渴，讲话时发音准确，口齿清晰，还能开些聪明的玩笑，并且能够理解讽刺。

除了游泳，她还有别的喜欢的运动。她学过芭蕾舞，通过了皇家舞蹈学院的基础考试，还会骑马。

虽然我和马尔科姆不曾意识到，但经常心不在焉、注意力不集中、笨手笨脚都是很大的问题。由于我们没有其他子女，也很少和其他家庭来往，所以根本没有看出这一点。我们喜欢维多利亚本来的样子。当然，评估显示她存在严重的注意力缺陷障碍。但对我们而言，她在社交和学业方面似乎没有严重的不足。

　　注意力缺陷障碍会影响处理问题的能力,这是学术能力方面的一个重要因素,在社交和自我感觉良好方面也发挥着更加重要的作用。如果一个人不能取得所谓"正常"的学业成绩、无法在学校的大环境中很好地运转,其自尊就会受到损害,还会遭到排挤。这会导致很多问题,包括对可怕的、至关重要的最后一学年考试感到过度焦虑。

　　我们与学校分享了心理评估的结果。当时的学生福利工作组同意帮小维做些事情,比如安排她坐在教室前面,不对她反复弄掉铅笔和坐立不安的行为大惊小怪。第二天,在和学校的另一名辅导员交谈时(此前的那位已经离职了),他询问我们是否愿意让维多利亚服用哌甲酯之类的药物。这是一种用来治疗注意力缺陷障碍的药,能够改变大脑中的化学物质平衡,从而更好地控制选择冲动。

　　辅导员的话令我们大吃一惊,因为我们完全不知道维多利亚可能需要药物来改变自身的行为。她在家和我们相处得很好。我询问小维是否愿意吃药,她坚称自己不愿意,我们同意了。

　　在那之后,维多利亚在学校里的日子肯定不太好过。我们毫不知情,因为她的学业成绩基本可以接受,有时分数还不错。老师们一贯抱怨的问题是她太"害羞",我们以为所有老师都会得知她存在注意力缺陷障碍的事,但事实并非如此。

学校变成了一个孤独的地方,一个让小维感觉缺乏信心的地方。她没有把事情告诉我们,只能在日记中吐露心声。

我利用晚上下班后的时间攻读了有关学习障碍管理的一年期文凭。共有四个模块:学习障碍管理、口语语言发育、儿童心理学与咨询。

在儿童心理学和咨询模块,一部分学生是有特殊需求的儿童的母亲。她们会分享自己的孩子遇到的困难,比如在游乐场里被人欺负,或是被不理解的老师吼叫。他们根本无法适应传统的教育体系,因为它强调学业,嘉奖的是学业优秀的人。

我们通过学习了解到,存在学习障碍的孩子会在玩耍时遭到排斥,七岁左右便无法跟上学校的学习进度,不仅心理深受打击,还更容易感觉格格不入。这会导致他们感觉自己能力缺乏,产生自我怀疑和自信心缺失,陷入自我延误和自我伤害的境遇中。

通过对学习障碍的研究,我发现维多利亚也许有过许多我们不曾意识到的问题。她很可能患有自闭症,在感到压力或困惑时会拍打自己的手臂,在理解非口语交流(代表性手势)方面也存在困难。小维的视觉和听觉很容易受到过度刺激,对气味也十分敏感。我还记得她说飞机上的咖啡和食物的味道会让她恶心，这也解释了被我们当作拖延症的现象其实是她无法处理该做些什么、怎么做。她还总是心不在焉，无法重新集中注意力。

我怀疑我们的女儿还患有未确诊的强迫症。这么说不仅是因为我更清楚地明白，拔毛症本质上属于一种强迫行为。维多利亚很小的时候就会以同样的顺序和姿势重复摆放自己的芭比娃娃。随着年龄的增长，她开始专注于精确地折叠毛巾和床单，客厅的灯也必须按照同样的顺序打开。这一做法还延伸到了按照同样的顺序进食、每天坚持同样的饮食习惯。

《澳大利亚精神病学杂志》近期的一篇文章中描述了一名患有强迫症的十五岁年轻女性，她同时也在接受注意力缺陷障碍的治疗。医生给她开了哌甲酯，这种药也有助于治疗强迫症，这表明两种疾病会造成共同的功能失调行为。这也许能为维多利亚为何沉湎于自戕提供了线索——精神病学家称之为"自戕思维"。她存在强迫症的大脑被固定在某种重复的思维方式中——就她而言，还与自残、自毁联系在了一起——即便理智认为这么做是不合逻辑的，却还是很难摆脱那些念头。实际上，她无法控制自己失调的想法。此外，自残能让小维在一瞬间感觉良好，因此寻求重复行为的紊乱大脑会一直追求那种短暂的快感。

我不是训练有素的心理学家，只能尽自己所能，拼凑各种知识。但这个惊人的结论让我的心中充满了莫大的悲哀，这么美丽、聪慧、口齿伶俐的人竟然要与自己随时准备自我毁灭的大脑交战。不管她怎么努力，都无能为力。这需要干预，需要药物，需要认知疗法、其他行为重组和心理咨询，可能还需要在精神病院里待上一段时间。

作为一个对心理咨询很感兴趣的青少年，维多利亚仔细地研究过焦虑的问题，明白自残是一种转瞬即逝的快感，也明白要尝试创造新的思维方式。下面是她十四岁时亲笔写下的日记：

> 我想要专注于锻炼身体，打算每周一游泳半小时；每天做俯卧撑和拉伸运动；每周三慢跑；每周四练瑜伽，作为课外活动（和X、Y一起）；每周六跳现代舞。除此之外，我们每天都要进行一个小时的体育锻炼。节食和锻炼是我可以为之努力的目标，转移我对所有情绪问题的注意力。在家感到沮丧时（比如因为父母和学业），我会诉之于自残。这样做是不正常的，但我觉得这是我能应对的唯一方法。它确实暂时有效，就好像我正在摧毁自己内心的某种东西。

这还不是她在抗争的唯一心理问题。

通过对有关学习障碍管理的学习，我认为小维可能还患有计算障碍，举例而言，就是无法识别数学等学科中使用的符号；可能还有运动障碍，又称"笨拙儿童综合征"，比如她花了很久才学会在游泳时侧转身，学会走路、骑自行车也很晚。

综上所述，考虑到方方面面，维多利亚已经非常优秀了。她尽可能长久地保持着振作，直到有一天，她再也振作不起来了。

有关学习障碍管理的课程的最后一课结束时已是深夜。授课地点是中央商务区的一座大楼，很容易就能叫到出租车。我钻进车里，车上的广播正在播放着小维最喜欢的歌曲《时髦的鞋子》。我想到，小维之所以认可这首歌，可能是因为它的主题：学校里的社交孤立，想要结束一切，把所有"正常的"孩子和自己一起拉下水。这是个可怕的主题，涉及一些不太常规的想法，但我现在能够更好地理解"为什么"了。

我想小维应该很高兴我能理解这一点，并且希望我能用它来帮助别人。

我让司机把收音机的音量调大。他吃惊地回头看着我。乘客——尤其是像我这把年纪的人——听到青少年音乐通常不会提出这样的要求。他调高了音量。车子沿着马路驶向了连接高速公路的隧道。

每周四晚，我结束障碍研究的课程后都会经过这条路，如今已经有一年了，我熟悉沿途的每个路标和每间商铺。我望向窗外，看到一家酒吧的橱窗里亮着一块霓虹灯的招牌，我以前从未见过它。招牌用明亮的橙色拼出了"来自另一边的问候"字样，奇怪的是，下面还有一个小一点的牌子，上面写着"钟形罩"，这是西尔维娅·普拉斯[①]的一本小说的书名。直到现在，这本书还放在维多利亚的床头柜上，没有被人动过，和她离开我们那天一样。

[①] 西尔维娅·普拉斯（Sylvia Plath, 1932—1963），美国诗人、小说家。1963年，她的半自传体小说《钟形罩》出版不久后，她自杀身亡。1981年，普拉斯的诗集出版，她被追授普利策诗歌奖。——编者注

三十六

神龛与盒子

2013年12月,我们在一起的最后一个圣诞节,维多利亚的十七岁生日。克赖斯特彻奇住宅的建造计划终于敲定。在从卡卡努伊驱车前往克赖斯特彻奇赶飞机、返回新加坡的途中,我们拜访了建筑师,讨论方案。我们希望他能帮忙选择配色方案、地板材料和其他配饰。最好的做法似乎就是面对面商议。

早些时候,我和马尔科姆买了几桶试色颜料,在卡卡努伊的围栏上试过好几种不同的白色。我不喜欢试过的任何白色、灰色或米色。小维是我家唯一完全了解颜色"效果"的人,她也不喜欢试过的所有颜色。可是,当我们把车停在建筑师的办公室门前时,她却拒绝进去帮忙,叉起双臂,还把脸别了过去。她不想对这座房子产生兴趣,到头来还是马尔科姆设法说服了她。建筑师有个女儿和小维年纪相仿,知道如何把她哄好,最终她满怀热情地翻起了颜料表和宣传册。她选择的配色方案外观是被称为"半云"的暖米色，房顶是修士袍的灰色，钛饰边，内墙是白色，调和黄/绿色调来增加亮度。她为客厅选择了浅奶黄色的橡木地板，为房子的其他地方选择了淡灰色和白色的斑点羊毛地毯，为浴室选择了米色的西班牙瓷砖、牡蛎白色的窗帘、柔和法式蓝与米色的花朵图案百叶窗。

两年后，建筑商打电话告诉我们，房子竣工在即。它将成为她独特风格与优雅自我的宝库——更确切地说，是一种纪念。

然而，当我们从新加坡飞去看房时，它还是没有建好。房屋的内部结构已经完工，但十四米长的护墙没有更换——这面墙是用来阻止马路和停车场坍塌到下方完工的房子上的。房子四周没有阶梯，更糟糕的是，从马路通往前门的路也没有台阶。唯一的通道是建筑工人使用的一块临时木板。我到达现场时才发现自己无法安全地进入。就这样，我在陡峭的山坡上拥有了一个漂亮的盒子，却无法从前门进入，也绕不过去。

几个月后，经过一番折腾并向律师咨询，包括挡土墙和入户阶梯在内的全部工程终于完工。损失理算师与建筑商最后已经到了不相往来的程度，保险公司便雇了另一家建筑公司来修建被遗漏的挡土墙。我一直不明白谁会把如此重要的工程部分留在工作范畴之外,也不明白为什么要花这么多年来补救,唯一可能知道真相的是保险公司在维多利亚去世前几周安排的那个损失理算师。据我从其他索赔人那里了解的情况,杰基(化名)十分擅长应邀解决"棘手"的情况,比如我这种涉及多方争议的案件。他们警告我,她的行事风格特立独行,包括纯粹通过蒙骗来使索赔人屈服。事实上,我的律师都被她搞糊涂了,一直在与她互通邮件,直到我不得不终止与她合作——亏了五千美元,修理台阶和护墙的工作也没有任何进展。

我要向杰基脱帽致敬,她为了贯彻保险公司的损失限额,手段十分无情,在我的女儿死后甚至显得麻木不仁。房子的成本确实比他们最初故意给我压低的价格多了近四十万美元,但很容易就能再多涨几十万。她成功结束了一个拖了多年的项目——奖金的激励无疑很有帮助。归根结底,我猜她只是作为公司"机器"的一部分在完成自己的本职工作。在一次工地会议上,她拥抱了我,还说头顶飞过的那只新西兰鸠正是我们死去女儿的灵魂在保佑我们——这话让人非常难过。但在其他场合中,她还是会搪塞我们的合理质疑,对工程方面的要求采取先接收再拒绝的策略。

房子终于完工后,我出于好奇,在脸书网上查了查杰基,损失理算(精算类)无疑是她的专长。她公开发帖表示,她正在一个"度假胜地"享受"一杯小酒和独处的美好时光",并

"期待着乘船出游和领取年底丰厚薪水的好日子"。

对我来说，签署同意精算结果的过程毫无轻松可言。我试过坐下来，将保险公司的成本与我的建房成本分析结果制成电子数据表。经过数年的计算和重新计算，数字加了又减，减了又加，已经很难记清。

真希望我的计算能是一首诗，某种我耳熟能详、可以感同身受的东西。没错，它的结构暗示我这是有可能的，它的布局却与传统的散文文本大相径庭。

但在黑白分明的现实中，精算属于单调乏味的簿记工作。尽管如此，我还是会将簿记的内容打印出来，尽职尽责地放进标有"房屋整体开支"的蓝色活页文件夹里（与保险理赔相关的文件夹有二十多个）。成本的计算包括持续、无误的非创造性会计工作、合乎逻辑的进程、金额的结算、损益的抵消，引起保险公司某种程度上的所谓"损失理算"（从他们的角度来看，就是理算自己的准备金，以偿还你的损失——也许这终于让他们有可能发挥些许的创造力）。

忧虑（Angst）、挑剔（Anal）、贪婪（Avarice）——这些以"A"开头、一针见血的词语都是由会计师行业衍生出来的，同样也适用于损失理算的过程。但若论复杂程度，还是要数"精算"（Actuarial）。显然，精算是一门科学——精算学。

/277

精算师在数学和统计学方面都颇有头脑，能利用精算学的知识评估风险，从事保险等行业，计算自然灾害发生的概率。但如果这属于精算学，那我就是试验的一部分。因为在克赖斯特彻奇的问题上，精算学家的计算并不准确。成千上万的房屋被毁，令他们措手不及，因为他们没有考虑到足够的风险。保险公司老板为房主们发放的保单慷慨得出奇，竟然允许他们更换房屋。如果保险精算师的算法是正确的，他们就会选择投保金额，也就是保险公司所能赔付的最高限额，虽然这笔钱其实并不足以建造一座替代房屋。但他们没有，他们就是一群白痴——正常情况下，我不会用这个词来形容别人，但我已经不是个正常人了——因为这意味着保险公司必须通过最低限度地补偿房主来减少成本的大额支出。所以"A"对我来说代表愤怒（Angry）。因为这些精算师个个都在推诿搪塞、误导索赔人，希望其中某些人能够放弃并接受低报价，或者干脆一走了之、发狂发疯甚至死亡。

我真正的损失是无法估量的。悲伤咨询师敦促我无论如何都要对自己的个人损失进行总结，她认为这有助于了解我的人生发生了多么彻底的改变。我失去的有：我的女儿维多利亚·麦克劳德；我的健康、时间、金钱、注意力、幸福；我丈夫马尔科姆的健康、时间、幸福；我们本可以一起享受天伦之乐，而不是赶往克赖斯特彻奇查看建筑进度或停滞情况的假期；我对人性本善的信念。

房子完工后，被我放到拍卖会上销售，却没有人出价。我与那个房地产经纪人解约，雇用了一个号称"相信翠西"的新人。我和她有个共同的朋友，那个朋友曾与我们住在同一座新加坡公寓楼里，维多利亚很小的时候就认识她。我希望这层关系会是个好兆头。

这场失败的拍卖发生在维多利亚去世近三年之后。令人痛彻心扉的一周年忌日过后，学校的教职工、董事会或学生福利部门没有任何人通过任何正式的方式联系过我们，询问我们的情况，或向我们的女儿表示哀悼。

维多利亚的钢琴老师许多年前就离开了学校，倒是发来了大约十岁时的小维面带微笑的一张照片。学校的脸书网页面发布了一篇赞美校艺术部的文章，我在下面发了一条挖苦讽刺的帖子，招来了小维的一名艺术老师愤怒的回应，还被他删掉了帖子。

因此，就像保险公司成功地降低了对房子的损失控制，学校也成功地控制了维多利亚的死亡造成的负面影响——招生名额满员，新楼拔地而起。我开车经过，看到学生们穿着她也曾穿过的制服，跑来跑去，生龙活虎。

处理克赖斯特彻奇的房屋问题既要面对律师、岩土工程要求、正式文件，还要熟悉保险行话和建筑技术细节。无论我有一个活着的女儿需要照顾，还是一个死去的女儿需要悼念，每周都必须腾出几个小时进行邮件沟通、阅读回复，然后在谷歌上搜索信息、寻求解决方案。至少这是个过程，只要我能做，就会有结果：一座完工的房子就是我的结果。

尽管心理学家伊丽莎白·库伯勒·罗斯提出了著名的"悲伤的五个阶段"论断，但应对丧女的心痛却不是一个可以量化的过程（据说如今的悲伤心理学研究者认为，这五个阶段一直遭到了误读）。罗斯的五个阶段分别是否认、愤怒、协商、沮丧和接受。但对我而言，这并不是一个有序的线性过程，更像是情绪、反应、倒退和生存问题的千头万绪交织在一起，如同一只巨大的毛线球。

在新加坡，悲伤的情绪和将房产视为纪念失去亲人的神龛的观念也在抬头。各大报纸的头条刊登了一桩与新加坡第一家庭、已故李光耀后代相关的丑闻。这让我想起了在报社加班的日子：审稿和没完没了的报道。我大脑里的"不动产"空间就这样被另一个家庭的不动产所占领。

李光耀的三个孩子都被卷入了这场遗产之争，其中年纪最大的是现任总理,他们争夺的焦点是家族位于欧思礼路38号的房子。此事之所以引人注目,是因为这三兄妹全都喜欢在脸书网上公开发表指责与反驳的帖子,甚至上传了本该保密的高级部长与公务员通信内容。

这座历史悠久的平房如今的所有者是两兄弟中的弟弟,他和姐姐都坚称,拆除房子是父亲的遗愿,必须兑现。现在获准住在房子里的是姐姐,而且她想住多久就住多久。

有人据理力争,辩称这处房产对国家的意义远超对他们家族的意义,因此应该通过某种方式得到保护——大哥李显龙总理就属于这个阵营。许多影响新加坡未来的重要决定都是在这间房子里被制定出来的,执政的人民行动党也是在这里的地下室成立的。还有人呼吁将它列为国家纪念馆,刊登在公报上。

李家的弟弟指出,遗嘱的最后一次(第七次)改动证明了他们的爸爸希望将房屋拆除,哥哥则对这份遗嘱的真实性提出了质疑。弟弟紧接着引爆了问题,指控对方滥用部长权力和裙带关系。从不敢公开提出这种指责的新加坡人纷纷被吸引了。

对一位名人的哀悼演变成了社交媒体中上演的一场家庭悲喜剧。与此同时,未出阁的女儿继续独居,和几个值得信赖的仆人住在偌大的房子里,摆弄着已故的名人父母留下的20世纪70年代的柚木家具。高墙与大门之外,新加坡人纷纷赶来自拍。

关于拆除房子的事，李光耀曾在《新加坡赖以生存的硬道理》一书中提道："我已经告诉内阁成员，等我死了，就把它拆掉……我见过其他人的故居，尼赫鲁的、莎士比亚的，过段时间之后，它们就会变成一堆瓦砾……你们知道保存它的代价吗？这是一栋老宅……墙壁都返潮了。"当时，这段关于破败房屋的写照击中了我的要害，因为我卧室的厕所正好堵了。在我敲击键盘时，一层恶心的烂泥正从地板里渗透出来。李光耀不喜欢将这座房子视为某种神龛，在他眼里，新加坡就是他的遗产。

我们在新加坡租住的公寓位于二楼，已有大约四十年的历史。随着时间的流逝，我们一边处理善后事宜，一边摆弄着已故女儿留下的家具。李光耀故居引发的争议让我意识到，维多利亚的卧室已经成了她的神龛。我和马尔科姆都喜欢漫无目的地走进去，感受某种联系的牵引，感受她还在那里徘徊的感觉。看到梳妆台上摆着她的许多瓶指甲油，书架上放着她最喜欢的书，书桌上立着裱了框的照片——包括电影《音乐之声》的女演员朱莉·安德鲁斯的签名照——我的心中就能获得安慰。不曾被动过的房间给我们一种延续的感觉，房间里的东西都和小维趁着黎明前的黑暗迈出家门、再也没有回来时留下的一样。这让离开成了暂时的事情，就像亨利·斯科特-霍兰德在《死亡是件平常事》的葬礼发言中所写的那样，小维"只是悄悄地溜进了隔壁房间"。虽然她人不在我的身边，但我仍抱着她会回来的希望。事实上，在2012年的一篇手写日记中，十五岁的小维写道："如果我死了，我会让时间冻结，瞬移回家，吃必胜客的奶酪脆皮比萨、爆米花、可乐和一大堆的巧克力。"

死去的人是不会突发奇想地跑回自己的卧室吃比萨的，这我知道，却还没做好准备接受。我妥协过，祈祷能够看到小维还存在的迹象，哪怕是短暂一瞬也好，比如夜空中的星辰，或是一只翠鸟扇动着蓝色的翅膀。但我更多的是希望她能完好无损地回来，依旧亭亭玉立、美丽动人。她的床已经铺好，等她一到家就能砰的一声倒在上面。她的手机还充着电，快捷拨号也存着必胜客的送餐电话。

我去新西兰待了三个月，回来时走进小维的房间，就像走进了一座坟墓。我已经感受不到她的存在了，她的东西上又多了一层灰尘。网纱窗帘看上去又脏又破，被闲来无事追逐飞虫或阳光的猫咪用爪子撕得七零八落；我光脚踩过的木地板上布满了沙砾；布挎包挂在门把手上，肩带越磨越薄；从贸易援助活动上买回来的紫色拉菲草背包已经褪成了粉红色。

在一首名为《冬天的想法》的诗中，小维预见了这一切。

我仿佛能够听到她用带着新西兰口音的温柔声音在描述：

未打开的书脊上积满了灰尘。
花朵图案的床单和古玩褪了色。
如同茶渣的卧室，被皱巴巴的黑衣服所替代，
还有沉默。

后来，我和马尔科姆聊起了这种"一切已成定局"的感觉，仿佛灵魂已经离开了那个房间。他说，要是小维现在回来，肯定会大笑着不可置信地问："你们还在这里做什么？"我们坐在她八岁那年买来的、如今已经破旧不堪的沙发上，望着其他的公寓街区。万籁俱寂，连一只鸟都不曾飞过。维修工人已经砍掉了所有树木的矮枝，所以翠鸟之类的小鸟都飞去了看不见的、更高的地方。我也听不到任何动静，整座公寓楼仿佛没有人存在，或者只有不存在的存在。

三十七

赋予意义

时间无法治愈伤口。某个星期五，我一反常态，休了一天假，再次回到了小维死去的地方。去之前，我还特意读了小维的一段日记。这段日记是她在去世前一个半月的某个星期五写的，提到她去看了自己准备赴死的地方：

> 我离开家，走路去了另一座四层楼的公寓。我坐了一个小时，麻木地默默哭泣。我知道妈妈很快就要回家了，于是我起身穿过停车场，走到了外面的台阶。感受到微风的那一刻，一切又回来了。我毫不在乎这种绝望，在石阶裂缝的阴影中坐下，抬头仰望着天空。

这段话是维多利亚晚上写的。当她抬起头时，眼前出现了"我在新加坡从未见过的无数星星，让人想起了新西兰"。那个下午我也在那里，望着湛蓝的天空和正在下山的艳阳。正如她所说的，"石阶裂缝"上的确形成了一道阴影，越拉越长。

回忆起那篇日记，我感到莫大的悲哀。想想那个星期五，下班回家的我可能正在期盼着周末的到来，心情愉悦、唠唠叨叨。小维却在忍受一切，无法对我开口。

我重新集中注意力，试图分析小维在写下这些文字时的想法，以及她来到现场时，心里都在想些什么。"麻木"和"绝望"这两个词跳脱出来，折磨着我。除了这两个词，我什么都无法去想。失去爱女的心痛令我无法深入探究，于是我把注意力集中在了对她可能算得上是一种安慰的事情上：尽管我的女儿死在了此地，但今天，即便是笼罩在阴影之中，这里也是一片宁静祥和，可以俯瞰对面山丘上的热带棕榈树、香灰莉树和青龙木。我想看看那里还有没有我家的树木爱好者觉得非常特别的那棵树。我认为每棵树都很特别，但其中有一棵高大的老树上长着几根弯曲的树枝，树干上还有一个长长的、敞开的瘤子，看上去就像张开的嘴。小维相信树木有时会开口说话，所以尽管我基于证据对学习障碍进行了研究，却还是想从无法解释的领域中寻找意义。我把这个"嘴巴"形状看作给我的暗示，表明它在某种程度上的确振奋了小维的精神。

我用手机拍了两张照片。照片都很模糊，但还是拍到了阳光穿过老树的树枝，映出一个巨大的心形。我一直想将这棵树和它周围的环境捕捉下来，稍后再仔细研究，看看这个地方为何对小维来说如此重要，但她反而给我送来了一颗闪闪发光、枝叶繁茂的爱心——这就是一个绝望的母亲想要相信的。

拍完照片，我开始上山，朝着山另一边的公寓楼迈进。途中我回头看了看小维死去的铺着瓷砖的台阶。某种蓝色的东西从我面前的树上猛地冲向了地面，我倒抽了一口冷气，这才意识到那是一只翠鸟。它落到地面，用嘴叼起一只昆虫。虽然这个位置危机四伏，很容易遭到攻击，但它还是待了片刻才飞上了附近的一根树枝。它冷静地待在树枝上，昆虫还活着，在它的嘴里蠕动。

小维去世三年后，我在日记中记下过一百多次看到翠鸟的经历。自从小维去世以来，心情低落的我在散步途中看到一只翠鸟，有时是两只的频率就高得惊人，也许我已经学会了如何寻找它们的踪影。这种鸟身上独特的毛色也很有帮助，它可以是绿油油的山丘上那一抹蓝，或是露着白肚皮、高高地栖息在树梢上的水绿色毛团。靠近我家公寓楼的一棵树最低的枝头上也常有翠鸟栖息的身影，它们的身影出现时都在清晨，鸟儿似乎还在睡觉。这意味着我可以走上前近距离地抬头凝视，欣赏它们的美丽。有一次，我偶然看到树枝上有两只翠鸟正在轻声地对彼此咕咕地叫，言语非常亲密，和平日里发出的惊叫声完全不同。

在我第一次去圣伊格内修斯教堂大堂参加《圣经》学习小组的那个星期六，一个水手蓝的身影飞驰而过，钻进了附近某棵树的树枝中。我听到一声尖叫，随后是另外一只鸟的回应。我的精神振奋了起来，仿佛那对翱翔的闪亮蓝色翅膀就代表了维多利亚的神韵，令人安心。

这些画面是不是给我的某种讯息？希望如此。因为即便它们看起来并不合理，却能帮助我继续活下去。我猜，翠鸟专心致志地朝着猎物俯冲是在告诉我，死亡是自然规律的一部分。它可以来得很快，且出人意料——生命是短暂而宝贵的。

或许鸟本身也有什么象征意义？诗人查尔斯·奥尔森在《翠鸟》中写道，这种鸟承载着送给人类的信息。他说这种鸟既能在空中飞行，也能潜入水中，还描绘了它们的巢穴（翠鸟的巢穴位于河岸或树洞之中，是用反刍的食物修筑的）：那是什么信息？那是/分布在时间中可以测量的/一系列连续不连续的事件/是空气的诞生，是/水的诞生，从开始到/结束，在诞生与/另一个腐臭巢穴的开始之间。

这首诗是奥尔森在第二次世界大战后不久的1949年创作的。维多利亚去世前的那个周末，我记得自己问过她最喜欢哪首诗。

她不假思索地回答是叶芝1919年写的反战诗《一位爱尔兰飞行员预见死亡》。当时我心里多少会觉得，对一个生活在当今世界的青少年来说，这是个非常奇怪的选择。但我说服自己，维多利亚肯定是在为高中毕业考试复习英语时学到了它。现在我才明白，不管这首诗是否属于维多利亚研究的对象，对她来说都具有重要的意义。这其中包含了几个方面：战争——安妮·弗兰克[①]的日记深深地影响了她（一个和她一样的少女因为宗教信仰遭到可怕残忍的追捕）；文明的兴衰；在精于算计的功利世界中试图寻找工作的前景；她内心的斗争正驱使她走向自我毁灭。

这一切都令她对未来感到绝望，她觉得努力地改变自己是没有任何意义的。她知道我们爱她，但这不足以让她与心中的恶魔对抗、继续生活下去。她做出了让步——与漫长的人生相比，迫近的死亡似乎更加可取——她建立了一种重复的破坏性思维。这种思维能够不断向内循环，且自给自足。就像叶芝的诗文所写的那样：是一股寂寞的愉快冲动／长驱直入这云中的骚乱／我回想一切，权衡一切／未来的岁月似毫无意义，毫无

[①] 安妮·弗兰克（Anne Frank，1929—1945），出生于德国法兰克福，犹太人，第二次世界大战期间大屠杀中著名的受害者之一。其所写的《安妮日记》记录了那个残酷与灰暗的年代，出版后引起极大轰动。——编者注

意义的是以往岁月／二者平衡在这生死之际。

赴死前十五天,她在笔记本电脑里写下了最后一篇日记:

是我任自己被胆小怯懦吞噬,怎么也无法摆脱。

我即将做的是一个人对爱你之人能做出的最糟糕的事情:离开这个世界。可怕的是,我对此没有任何意见。

她接着解释道,这是在帮我们——她的父母——一个忙。因为她是我们的负担——没有什么比这更离谱的了。没有她,每天醒着的每一个小时都蒙上了阴影。任何选择疗法、行为方式和心态调整都无法修复这一点。你只能接受,只能从自己和他人身上寻找善意,慷慨大方地走出自我、保持乐观,在小事中获得快乐,在痛苦中寻找感恩,从中创造某种生活。

我也很想知道维多利亚是否"同意"自己结束生命的决定,也许她不曾真正地意识到死亡是不可改变的。维多利亚去世后不久,我在一间咖啡厅和安娜见了面。她列出了小维最喜欢的歌手、表演者、歌曲和专辑清单。小维的安卓手机耳机里播放的音乐列表就相当于 21 世纪青少年的叙事话语。

妈妈,再仔细看看。躺在床上想起那一次的会面,我的耳边响起了维多利亚的声音。我翻出记录安娜列表的那篇日记,仔细地思索起来。

我注意到了美国摇滚乐队伊凡塞斯的一首歌《不朽》，似乎讲的是，一个年轻女子在跳楼后灵魂无法离开尘世，于是经常萦绕在朋友或爱人身边。"萦绕"这个词代表了被留下的人心痛而绝望的渴求，也代表他们与离世的人之间仍旧残存的联系。他们是如此哀伤，甚至希望自己也能结束这一切。我在网上看到了这首歌的视频，那是一段黑白的情绪摇滚／哥特风影像。不绝于耳的歌声，年轻女子纵身一跃，从屋顶飘然坠落。

影片用特写镜头拍下了她坠亡后的尸体：四肢完好无损，脸上没有一丝痕迹，面容平静安详。被阳光照亮的美丽白色棉布连衣裙在微风中翩翩起舞，深色的秀发没有因为沾染鲜血而变得黏腻。死亡就这样被美化了：你还可以起死回生，在活人中行走，看他们受苦——这很酷。我大惊失色，想要告诫人们别去相信。尽管小维在选择最有效的自戕方式时采取了实用主义的无情态度，但她是否也曾心存幻想，以为自己不知怎么还能起死回生，在我们中间漫游？

从深入的神经学角度来说，痴迷于难忘的女声、喜欢令人生厌的20世纪诗歌、热爱《哈利·波特》的小维可能并不完全理解自己的行为会带来什么后果。事实上，2012年的一项研究发现，与对照组相比，存在注意力缺陷障碍的青少年前额叶灰质体积有所缩小。换句话说，在考试、自尊和社交媒体的孤立中挣扎的维多利亚在处理问题方面存在困难，可能很容易受到以浪漫主义方式优雅死去的那个年轻女孩的影响。

研究人员凯西·沃尔德曼在一篇针对厌食症的文章中对此进行了探讨。她写道，这种痛苦的"有悖常理的"文学传统"充斥着……富有魅力的长辈（艾米莉·狄金森、安妮·塞克斯顿、西尔维娅·普拉斯）、比喻（仙女、雪）和手段（悖论、反讽、不可靠叙述者）"。

小维尝试过挨饿，却没能坚持多久，便把注意力直接集中在了自戕的念头上。自戕和厌食症都涉及自我毁灭，沃尔德曼将厌食症称为"智力幻觉"。当然，小维的文字表明她通过妄想的方式对自己的死亡进行了理性的研究。也许，尽管她对焦虑和精神障碍展开了调查，却还是无法真正理解跳楼是不可改变且极其严重的。也可能她理解，但还是不顾一切地坚持着永生的希望？

那么，在小维死后的一个月，是谁的声音教我走上横梁，去发现她抓出的那颗心和上面写着的"再见，妈妈"？声音也许是我想象出来的，但挠出来的信息却足够真实。两年后，又是谁发来的讯息让我走上另一根横梁，找到了刻在那里的一颗心和一个字母"M"？还有那个指引我翻出安详死去的白雪公主画作的声音？你与已故之人的关系不会随着他们的死消亡，而是在继续发展。它永远都在，重新定义过去，死死压着现在，让眼下不可能的事情都成为未来。它就在那里，千变万化。

不管怎样，还有第三方的观点可以被采纳。我像个疯子一样，找人做了塔罗牌占卜。占卜的过程令人感觉异常满足：一个陌生的老妇通过虚构的想象，给我带来了希望——女性们总是能为彼此带来希望。

在她的指引下，我得出了一个不符合科学逻辑的结论。讽刺的是，我觉得小维会赞同这个自相矛盾的推断——尽管我已经尽力保持理性，但它还是既不遵循科学依据，也不符合常识道理。她让我相信，小维的灵魂已经厌倦了自己的肉体，受够了神经系统的混乱，于是抛弃了它。但她的某些意识还在，要么附在我身上，要么依旧独立存在。

三十八

游荡在我们身边

"我自由了,我自由了。"维多利亚去世的那个星期一,我曾在梦中被她的话唤醒。要是这些话不是她在梦中对我说的,而是她在弥留之际或已死之后想通过某种方式与我交流,该怎么办?

如果我的女儿维多利亚濒临死亡,或是已经死了,还能否在细胞层面上与我分享她的思想?曾有研究发现,胎儿身上的细胞会交叉进入母体并终生存在,成为母亲的一部分。要是同卵双胞胎在分开后也能知晓彼此的想法或感受,那么母亲和孩子为什么不行呢,尤其是在亲子关系如此紧密的情况下?但是,如果我真的收到了维多利亚感到自由、快乐的讯息,为何没有事先意识到她有自戕的想法、一心想要走上精心策划的自我毁灭之路呢?细胞层面的联系在这个时候跑去哪里了?如果不是这样,那人们大肆吹嘘的母亲的本能呢?

现在回想起来，我应该有至少一个月的时间曾感受到一股不祥的强流，仿佛全家正被拽向一座瀑布。那大约是家长会前后的事情。我却从未停下来仔细思考，简单地解释就是，我把小维的冷漠归结为喜怒无常的青少年行为；我责怪自己缺乏自尊，"烦人的母亲"形象总是引起她的反感；我猜马尔科姆的坏脾气是因为我唠叨着让他早点上床睡觉，对他把工作放在第一位感到恼火，却不知道他是担心自己得了癌症。我可能还以为，令我心烦意乱的是维多利亚最后一学年的考试，而感到悲伤是因为她即将离开我们去新西兰上学。这个可爱的人儿将不再陪在我们身边，而是走向外面的世界，与我们渐行渐远。

我通过丧亲互助小组认识了一位母亲，她告诉我，她在儿子死前也有过类似不安的潜在情绪——那是一股源自内心深处、生拉硬拽的黑暗情绪。某天晚上，她从梦中（或者说是噩梦中）醒来，以为自己正在步入深渊，"仿佛飘浮在半空"。事实上，这一幕如此生动，以至于她真的下了床，在地板上扭伤了脚踝。但她并没有把这种"深渊"般的恐惧感与她的家庭联系在一起，而是认为这与她自己和对未来的担忧有关。那时她的儿子正在另一个国家读大一，她以为他过得很好。她做完那个噩梦的几个星期后，他结束了自己的生命，上吊而亡。

难道母亲的梦境是种预兆，还是说母亲能够无意中在某个无法言语的层面上感知到孩子的想法？

我感觉女儿之所以能与我交流，还有一个可能的原因，那就是灵魂的确有可能超越肉体的限制而存在。就算不是"灵魂"，也是某种形体不明却可以被感知的意识存在。它可以是短暂的，也可以是永恒的。我最喜欢的诗人玛丽安·博鲁赫[①]曾在《自我的小死亡》中写道："我要以我几乎确信的三个古老假设开始说。首先，死去的人会在我们之间游荡。"注意"几乎"这个词。在某种程度上，我也属于这个阵营。我想要相信自己的眼前会出现某种迹象，但这还不够。对无可辩驳的科学依据心存渴望，这是好事还是人类世界的失败？

不管怎样，我在维多利亚去世那天早上收到的讯息让我深感震惊，它表明母亲与孩子间的深厚联系在死后还有可能存续的希望。不知何故，也许我们曾经可以——现在也可以——通过扩展的意识进行交流。当然，就像我还无法将小维的死亡完全理解为她的自我毁灭，我也不相信她的灵魂不能以某种方式继续存在。我不相信她身上所有的生机、活力和可能都已消失得无影无踪。小维死后那几个月，我一直允许自己遵循这样的思路，而这种想法也从精神层面重新唤醒了我。

[①] 玛丽安·博鲁赫（Marianne Boruch, 1950— ），美国诗人、散文家。——编者注

尽管如此，一想到新的开端，无论是什么形式，我都会心生恐惧。眼下我甚至不能结束任何事情，也无法忍受任何形式的结束。不过当然了，万事万物终有结局。

即便你只是在逃避结局，继续活下去的方法就是不要成为悲伤的受害者，不要让悲伤来定义你。通过将维多利亚的日记公之于世、给他人带去帮助，我将自己的悲伤转化成了一件积极的事情。

小维曾在一篇长文中表示："我可能活不过今年了，拿到成绩我就知道了。我要不就会高兴地跳起来，要不就会从这栋公寓的楼顶上跳下去。"这句话被收录在澳大利亚的一本出版物中。此书名为《美丽的失败》，讲述了青少年和考试压力的问题。作者露西·克拉克是《卫报》的编辑，她记述了自己的女儿在"我们残缺的教育体系"中挣扎的经历，也因此与我在网络上建立了友谊。

小维还有几段日记节选登上了新加坡的《星期日时报》，几天内就获得了超过五万次的点击。评论中，有些青少年对小维认为自己不是个"酷小孩"的想法表示同情，并陈述了备考给自己带来的压力。

芝加哥大学出版社的一本自杀相关专著也拿出了一整章内容写小维的故事。在这本名为《自杀：我们为什么要结束自己的生命》的书中，身在奥塔哥的美国心理学家杰西·贝林以青

/297

少年自杀方面的新理论为框架,分析了小维的日记。由于贝林博士的这本书,维多利亚的作品受到了《纽约客》等著名刊物的赞扬。在 2019 年 1 月的一篇书评中,作家巴雷特·斯旺森这样评价她的日记:"维多利亚·麦克劳德本身就是一名作家,年纪轻轻就展现出了对世界敏锐的洞察力和迷人的叙事风格。在日记中,小维努力地创作了一个非常重要的故事,一个提出了所有正确问题的故事……当然,我们已经不可能知道一个更好的故事能否拯救她。我们有责任去考察自己正在讲述的故事。"

这自然会让我对自己在这本书中讲述的故事进行反思。我想到的是,能够写出她的故事,写出我和马尔科姆的故事,这是维多利亚给我的礼物。悲伤可以是一座监狱。通过让我书写她的故事,维多利亚冒着成为公众人物的风险,不仅为我打开了一扇走出悲伤、迈进世界、帮助他人的大门,也帮助我找到了一个新的身份。我愿意随波逐流,去往内心深处那个对世界更加清醒、充满各种神秘与可能性的地方。

三十九

新月

  但人生有着颠覆一切的习惯。某个新加坡同事十九岁的侄女结束了自己的生命，我见过她一次，觉得她是个很有艺术天赋、心地善良的人。她拥有一个有爱的家庭，也有自己的精神信仰、主治医生和心理医生。但就在我认识她不到一年之后，她就离开了人世。和维多利亚一样，她在某个建筑群里找了一处安静的角落。和维多利亚一样，那天也是满月。事后，同事告诉我，她曾经和侄女提起过维多利亚，对方问了一句："她孤独吗？"

  小维在回忆自己十四岁第一次想死的经历时写道：

  我好孤独。我讨厌所有人都在注视我、等着我输的感觉。我厌倦了做一个没有任何贡献的人，一个连演讲都害怕的人。我宁愿窒息，也不愿意去经历。从根本上来说，这样的自尊已经卑微到了尘土里。总有那么一刻，当身体的每一部分都相信你已经没有希望，你会觉得自己的存在都是不必要的。

尸骨、回忆、信息，这些从本质上来说，都是相信她正以某种方式活着的信念，一种持续存在的信念。持续存在的还有那些认识维多利亚、乐于说出她名字的人心中的善意。他们愿意将这个名字留在谈话中，或者通过充分利用自己的人生来向她表示敬意。她学校里的同学尤为如此，比如汉娜就在进行语言障碍矫正，安娜从事的则是歌剧演唱。我们会通过脸书网保持联系。关注她们的生活进展完全不会让我感觉苦乐参半，因为我为她们感到骄傲，也为她们能够有尊严地纪念维多利亚感到自豪。正在学习酒店管理的索菲发来了这段动人的悼词："起初听到她的死讯时，我感到了莫大的内疚与悲哀。但随着时间的流逝，我想起她留下了我们共度的那些最美好的时光，以及我们共同拥有的所有美好回忆。维多利亚不会希望我难过，而是希望我能记住她是一个多么了不起的人。"

大家都在充分利用自己的身份和小维的死亡教会她们的东西。她们望向的是新月，不是满月。

四十

想念翠鸟

我爬上山,环顾四周,望着原先枝繁叶茂的树木被砍的砍、锯的锯,变得只剩树干。这可能是出于安全考虑,猛烈的风暴会使岛上各处的树木倾倒,砸伤路人、压扁汽车。在我所在的这一片树林里,结果就是"片甲不留"。微风中,没有树叶沙沙作响的声音。那棵在阳光的映衬下树枝会形成心形的大树也被砍断了,它郁郁葱葱的华美也许是小维死前看到的最后一样东西,如今却只剩残枝断桩。

放眼望去,林子里一只鸟都没有。没有翠鸟栖息在附近的树枝上寻找脚下的昆虫,准备伺机扑向它们。我只能听到鸟叫声从看不见的远方传来,那里最高的树木仍旧华盖如篷。

克赖斯特彻奇的房子在市场上挂了一年,终于卖给了来自英国的一个移民家庭。他家五岁的女儿很有可能会拥有曾为维多利亚准备的房间，他们喜欢这座房子。

我最后一次进行保险损失理算时取消了一张小额的意外死亡"人寿"保单。根据这份保单，如果我骤然身故，维多利亚将是受益人。她死后的四年中，我还在继续支付每月一百美元的保险费。有一天，我发现这样做毫无意义。保险公司问我为何要取消，我解释称受益人已经不在了。

这么多年过去了，我始终没有听到哥哥、嫂子和两个侄子的消息，但我时常会想起他们，我相信哥哥也会想起我。有一次，我梦到自己在咖啡馆里碰到他，给了他一个拥抱。我的父母还会时不时地发来电子邮件，在我六十岁那年，也就是维多利亚去世后五年，我的母亲突然寄来了一张她亲手绘制的生日贺卡。

报社新来了一位首席执行官，他曾是一名陆军将领，后来成了企业问题解决能手。他没有报纸的实操经验，但在数字技术颠覆的时代，这可能是一种优势。尽管如此，他外行的一面还是令手下的记者队伍中那些老练的写手深感不安。新加坡报业控股集团宣布即将裁员两百五十人，变化突至，与我共事多年的人一天之内就消失了。

我给玛丽的母亲发了一封电子邮件,希望她这次能够回复,且我分享了某报纸从维多利亚的日记中引用的内容。她真的回复了,并感谢我分享了文章。她在回信中提到了一件令人悲伤的事情:"玛丽在过去的几年中一直痛苦不堪,但我已经不想赘述了。维多利亚的死是其中的原因之一。"

小维去世前两天曾在电脑里为玛丽留下了一段话:

你好呀,宝贝,这个盒子是你的急救箱(里面没有尖锐的物品)。由于我没法抗拒,所以这里有几首我们曾经唱过的酷玩乐队歌曲的歌词,我觉得非常适合……

我和马尔科姆决定,维多利亚的遗骨应该被埋葬在新西兰,那里有令她感到快乐的大自然和家人,还能远离学校的压力。

马尔科姆把骨灰瓮放在背包里,将它从新加坡背了回去。他给好几家航空公司打电话咨询了手续(没有提及瓮里是尸骨而非骨灰的事情)。航空公司的政策各异,他们大多会要求你谨慎出行,把东西包裹严实,还建议携带火葬证书,以防遭到官员的阻止。他得知,人们经常以这种方式带着亲友的骨灰穿越大陆、带去某个有意义的地点抛撒。无论白天还是黑夜,天空中都会有人将所爱之人的遗骸作为随身行李放在头顶的行李箱里,或是作为托运行李,随着喷气式飞机的速度飞驰——只为最终回归天空。

我们的计划并不是抛撒骨灰,骨头可没有那么容易抛撒。马尔科姆在卡卡努伊的树下埋葬了一部分尸骨,那根完整的指骨被我们保存在她卧室的佛塔碗中。我俩都不是佛教徒,却觉得这样做是对的。至于剩下的尸骨,我们举行了一场小型的告别仪式,请来牧师说了些关切的悼词。大家唱起了《耶和华是我的牧者》。每个人都会拿上一支从茜拉的花园里采来的薰衣草,放在为放置骨灰瓮新挖的土地上。我们竖起了一块花岗岩墓碑,上面镌刻着维多利亚创作的一首特别的诗歌。摇曳的三色堇和低垂的水仙花宛若在花盆中张扬的表演艺术。

我们带了些薰衣草回新加坡,将它们撒在了维多利亚死去的地方附近,那里有片环形的土地非常合适。

小维去世整整五年后我才发现这有多么合适。每逢小维的忌日,一个名叫玛丽塔·马拉达的菲佣总会在小维去世的地方摆上纪念鲜花,玛丽塔在维多利亚小的时候经常照看她。她和梅是同乡,都来自棉兰老岛,两人现在仍有联系。据说每年的4月14日,梅都会为维多利亚举行弥撒仪式。

待我结束一年一度的新西兰之旅回到家,玛丽塔就来向我展示一些照片,上面是她们为周年纪念购买的鲜花,花束被摆在小维去世前经过的小径旁。瓷砖上撒着许多橙色的非洲菊、黄色的马勃万寿菊、紫色和白色的兰花、小朵的米色玫瑰。其中那抹黄色和橙色欢快异常,在某种程度上放松了我们因悲伤而发紧的喉咙。我和她抱头痛哭。

事后,我在和玛丽塔聊天时得知,维多利亚小时候经常和玛丽塔去她后来去世的地方,坐在那里把从附近花盒里摘来的花绑成小捆。玛丽塔说,那时小维五六岁,总是有说有笑。两人会把各种颜色的花放在花槽的台子上,假装互相买卖。也许这是小维选择在这个地方结束生命的另一个线索——这里是个安全的地方,一个曾经带给她欢乐的地方。会不会还有一种可能,这里是她童年开始的地方,所以她选择不要离开,或者至少是按照自己的方式离开?在有关欢笑的记忆、黄色的大丽花和亮橙色的非洲菊中,小小的她就在那里,身边环绕着香灰莉树和椰子树,耳边是翠鸟的尖叫声。

结语

奥马鲁公墓四周环绕着高大的老松树和成片的羊圈。距离维多利亚去世五周年还差六个月时，茜拉突发急病去世，骨灰和她丈夫杰克·麦克劳德——维多利亚的祖父一起合葬在这里。两人安息的小坡距维多利亚的墓碑不远。给维多利亚扫完墓，我们在开车经过他们的坟墓时轻快地说了声"你们好"。我不知道我们为何要说出这么无聊的问候，我猜是为了让自己从悲伤中得到解脱吧。有时我看到马尔科姆亲吻维多利亚的墓碑，嘴里嘟囔着"傻姑娘"。我则经常低声对她说"爱你，亲爱的"。我们向后退去，后退的空间很大，因为她两边的墓地都被我们买了下来——那也是我们最后一次购买不动产——这几平方米的土地将埋葬一只骨灰瓮，或是一个小小的骨灰盒。想到这就是等待我们的未来，想到自己余生都会知道这里就是我死后的具体归宿，似乎令人甚感沮丧，但我可以接受。

我的墓碑将刻上我和小维都很喜欢的一句话——《指环王》中甘道夫说的："……白色的海岸远处，迅速升起的朝阳下，一片遥远的绿色国度。"这就是我们眼中的新西兰。我们身处新加坡，凝视着对面公寓楼的窗棂，思绪飘向家乡，飘向那片无人的绿地和群山。也许我们那位已故的道教信徒邻居心中也有过类似的渴望：桂林的石灰岩山脉美景。

看着一排排逝者整整齐齐地埋葬在那里，我想起道教中秩序与混沌的二元性。维多利亚的死亡将生者置于情感的混乱之中，让我失去了她。但她留下的精髓确保了这份混乱并非是毫无意义的。

奥马鲁公墓的远端，田野与庄稼地被通往卡卡努伊山脉的连绵山丘所替代。这也是我们的小屋能够眺望的背景风光，我曾在那里看到过一颗流星。夏天的山丘上绿意盎然，冬天大雪封山，山丘又成了腹地的守卫者。

小维曾在一首诗中写过那些活下来的人应该如何仰望星空，还要求把这首诗刻在她的墓碑上：

要想把自己的"身后事"安排妥当，我可能还得弄清几件事情。在变成一组新的统计数字前，我要把衣服和鞋子（或任何可以穿的东西）直接送给那些永远都买不起它们的人。我的书也一样，把我那首平平无奇的诗

/ 307

《我会》刻在我的墓碑上好了。

我会

你抬头看。星星——小小的光
小小的地方
你不能靠肺和皮肤生活
而是要用心去活。
我的小小世界
会和你的相遇
你的也会和我的相遇。

我会以另一个点的形式出现,
和所有的点相连,
这样当你抬头看时,
我会在那里,你知道
我会拥有自由。

图书在版编目（CIP）数据

永远的女儿 /（新西兰）琳达·科林斯著；黄瑶译. -- 北京：北京联合出版公司，2023.6
ISBN 978-7-5596-6727-4

Ⅰ.①永… Ⅱ.①琳… ②黄… Ⅲ.①散文集-新西兰-现代 Ⅳ.① I612.65

中国国家版本馆 CIP 数据核字（2023）第 036850 号

北京市版权局著作权合同登记 图字：01-2023-1158

Copyright © Linda Collins, 2019
First published in English under the imprint Ethos Books by Pagesetters Services Pte Ltd.
Published by arrangement with Ethos Books, through The Grayhawk Agency Ltd.
All rights reserved.

永远的女儿

作　　者：[新西兰] 琳达·科林斯
译　　者：黄　瑶
出 品 人：赵红仕
责任编辑：周　扬
出版统筹：慕云五　马海宽
策划编辑：王　鑫
封面设计：陆　璐 @Kominskycraper

北京联合出版公司出版
（北京市西城区德外大街 83 号楼 9 层　100088）
北京联合天畅文化传播公司发行
北京中科印刷有限公司印刷　新华书店经销
字数 182 千字　880 毫米 ×1230 毫米　1/32　10 印张
2023 年 6 月第 1 版　2023 年 6 月第 1 次印刷
ISBN 978-7-5596-6727-4
定价：59.00 元

版权所有，侵权必究
未经许可，不得以任何方式复制或抄袭本书部分或全部内容
本书若有质量问题，请与本公司图书销售中心联系调换。电话：010-64258472-800